木槿花开

刘月
Liu Yue

著

北京联合出版公司
Beijing United Publishing Co.,Ltd

Everyone

has a serious love.

图书在版编目（CIP）数据

木槿花开 / 刘月著. — 北京：北京联合出版公司，
2018.7
ISBN 978-7-5596-2065-1

Ⅰ. ①木… Ⅱ. ①刘… Ⅲ. ①长篇小说－中国－当代
Ⅳ. ①I247.5

中国版本图书馆CIP数据核字(2018)第086437号

木槿花开

作　　者：刘　月
出版统筹：新华先锋
出版策划：王　铭
责任编辑：李　红　徐　樟
特约监制：黎　靖
策划编辑：章淦轩　李晨照
封面设计：杨祎妹
版式设计：朱明月
封面绘图：lcy菜园子
营销统筹：章艳芬
ＩＰ运营：覃诗斯

北京联合出版公司出版
（北京市西城区德外大街83号楼9层　100088）
天津旭丰源印刷有限公司印刷　新华书店经销
字数124千字　620毫米×889毫米　1/16　15印张
2018年7月第1版　2018年7月第1次印刷
ISBN 978-7-5596-2065-1
定价：39.80元

目录

木 槿 花 开

第一章

惊 梦 >>

1

　　凌悠然双手推开那扇布满铁锈的门，微弱的灯光指引着她向前，她赤脚蹚过冰凉的河水，水越来越深，最终淹没她的喉咙、鼻子、眼睛，她紧闭着双眼，再次睁开眼时却站在了大地之上。前方穿着白色衬衣的少年站在那里，雾蒙蒙的世界里看不清他的模样，她向前走了几步，想伸手去触碰他，一抓却是一团散雾。等她再反应过来时，少年站在她的身后单手环抱着她的肩，她站在原地不敢动弹，双眼望着前方的黑暗，不敢向后去看他的模样，他的呼吸落在她的脖颈后侧，使她全身的汗毛都竖立着。

　　他的另一只手突然用力地掐着她的脖子，力度大得令她快要窒息，冰冷的声音在她脑后响起："我恨你，我恨你。"这三个字的声音越来越小，直至声音消失，少年也消失在这个空间里，她向前奔跑，前方一片黑暗，地上像铺满了荆棘一般，刺得她双脚生疼。

"啊！不要！"凌悠然一个鲤鱼打挺从床上弹起来，这么大的动作表示她确实吓得不轻，"你到底是谁？"额头上细小的汗珠流向脸颊，尽管手机屏幕上显示是凌晨三点，但她却怎么也睡不着了。这七年里，这个梦境总是出现在她脑海中。

她双手用力地按压着太阳穴，迫使自己去回忆，却始终记不起来梦里的白衣少年是谁，更不明白七年前她丢失的到底是什么。

第二天醒来，她仿佛依旧还能在眼前看到梦境中的一切，直到窗外的一缕晨光彻底驱散了那片迷蒙的幻影。

她走出房间时，母亲罗玉芬正在厨房里准备早餐，父亲凌泽正坐在餐桌旁看今天的晨报。家里养的猫咪苏米正磨蹭着她的小腿，她顺势弯下腰，一把抱起它搂在怀里向餐桌走去。

"爸，早上好。"她声音有些虚弱，昨晚的梦把她吓得不轻。

凌泽抬头看见了女儿淡妆下没有隐藏住的黑眼圈，他惊问："悠然，你这昨晚干什么去了？瞧你这黑眼圈。"

凌悠然顺手拿起桌上的手机，照了照自己的脸，打了厚厚一层素颜霜还是没有遮住熊猫似的黑眼圈。

"爸，我昨晚追剧去了。"凌悠然理直气壮，毕竟是超级 IP《来自星星的他》，不追简直没天理。

"丫头，咱得早点儿睡，小心熬成黄脸婆，没人要。"凌泽这句话让正在做早餐的孩子她妈紧了紧手里的平底锅，他还在自顾自得意地笑，不知道危险正在降临。

罗玉芬一筷子敲在他头上："胡说什么呢？我家悠然怎么会嫁不出去。"

"哎，老婆你轻点儿嘛！"凌泽告饶，罗玉芬才罢手，"谁让你说我宝贝女儿的，活该你疼！"

凌悠然低头笑着，苏米在她的怀里蹭了蹭，喵喵叫了几声，她将盘里的培根切成小块，喂给它吃，右手摸着它光滑的毛发："贪吃的苏米。"

"哪有你贪吃啊，你啊，两岁的时候就会挑自己爱吃的了。"罗玉芬忽然发现自己失言，很快便闭了嘴给这爷俩收拾早餐。

凌悠然的过去，就是一个禁忌，夫妻俩谁都不能提起。凌悠然抬头发现父亲突然皱起了眉头，闷头吃早餐一言不发。脸色显得有些沉重，没有了刚才开玩笑时的模样，原本笑得很开心的母亲也同父亲一般脸色。

罗玉芬推了推凌泽的手臂，他才意识到自己的情绪变化，硬挤出脸上的笑，将剥好的鸡蛋放进女儿碗里："悠然，快点儿吃！别上班迟到了。"他尽量显得轻松，但浮夸的演技根本逃不过凌悠然的眼睛，只不过，凌悠然选择配合父亲，假装没看出来。

苏米用它粗糙的舌尖舔了舔她的脸颊，像是在安慰她一样。

吃完早餐，她换上衣服，提包准备推门上班时，母亲拉住了她的右手说："悠然，你忘记喝这个了。"

她接过母亲手中的玻璃杯，仰头咕噜咕噜将带着药色的液体一口喝掉。将杯子搁在鞋柜上，然后招招手说："妈，我上班去了！"

母亲微微点头。

母亲没有一次忘记提醒她喝这个，三天喝一次，母亲口中的"维生素"一喝便是七年之久。

只要服用了"维生素"，她便不会梦见那个白衣少年，这个"维生素"似乎可以让她对七年前的事情越来越淡忘。

有时候，她甚至觉得自己的记忆像是被人抹掉了。

她用力甩头，让这狗血的想法从脑海中散去。

凌泽看着那淡黄的药水，轻声说："我真害怕这样对她会有副作用。"

"阿泽，不会伤害到悠然的，只是她梦里偶尔会出现一些景象，醒了以后，她就不记得了。"罗玉芬安慰着凌泽，七年前，她为了让女儿忘记那些痛苦不堪的记忆，选择将女儿的记忆催眠。

世界上有许多冷门职业，而罗玉芬的职业便是其中一种——记忆催眠师。这是一个听起来既神秘又奇幻的职业。记忆催眠师，可以将人的记忆催眠，不过，催眠师的能力并不是万能的，只有当一个人的自我意识想要将记忆从自己脑海中抹去时，记忆催眠师才能将其催眠。

许多内心痛苦失望的人都会来找记忆催眠师，他们渴望留住美好的记忆，或者忘记一切，重新开始。记忆催眠师可以解救这些深陷泥潭的人。

罗玉芬从来没有想过，有一天她会替自己的女儿催眠记忆。

凌悠然那十五年的生活，是不堪的，是痛苦的。所以她没有告知凌悠然，毅然将她的记忆催眠，而凌悠然的内心深处也想忘掉那些令她害怕、痛苦的记忆。

她十五年记忆里最美好的时刻，便是那个如光一般，出现在她世界里的少年。

她十五年记忆里最黑暗的时刻，同样是那个如光一般，出现在她世界里的少年。

在罗玉芬和凌泽看来，七年前的人生一点儿都不适合他们的悠然。每次想到凌悠然那些年经历的种种，他们的内心满是愧疚，他们要救赎凌悠然，不惜一切代价。

2

周一的清晨地铁里拥挤不堪，凌悠然挤在人群中拿着手机刷微信，工作群里有一条未读信息——"八点五十准时会议室开会，迟到者免此月全勤。"

凌悠然开始懊悔吃早餐的时候装优雅，如果狼吞虎咽的话，或许能节省不少时间。还有苏米，以后还是让它自生自灭比较好一点儿……

她用最大的力气挤到人群前，做好冲刺的准备。地铁门一开，她踩着八厘米的高跟鞋一路狂奔，震得她脚踝生疼。

一路狂跑的后果是，凌悠然的齐刘海被吹成了"八"字刘海，幸运的是她在最后一分钟顺利打卡。

她拿出包里的记录本放在桌面上，对着旁边的人龇牙一笑："师傅，早上好。"

路鸣半眯着眼睛望着跑得一脸汗的凌悠然，起身抽出会议桌上的纸巾递给她："看吧！你又踩点了，是不是？"

凌悠然"嘿嘿"笑着接过纸巾："干吗把'又'字说得那么重嘛，也就一个星期五次而已啦。"

听见那双熟悉的高跟鞋"噌噌"地从自己身后走过，她立马挺直腰背，直到那人坐到了主位上，她才松了口气。

老板一款不对称的优雅中分齐肩短发，露出的额头凸显着简约大方，性感的红唇完美地让气场全开，温和又不失霸气的声音："大家早上好。"

"李总，早上好！"四五十号人的声音在会议室里很洪亮，老板满意地点头微笑。

凌悠然的老总，名叫李琳，今年三十二岁，她在二十八岁那年创建了森林工作室，这四年里，森林工作室在行业里树立了极好的口碑。工作室的摄影师都是国内外知名摄影师，也有不少摄影师是她亲自培养出来的。

整个行业对她的评价很高，"设计女王""灵魂摄影师""杰出青年企业家""创业英雄"等都是贴在她身上的标签，她不仅是工作室的老板，本身还是一名创意艺术的摄影师，曾连续两年获得国际创意摄影的冠军，是很多大牌明星指定合作的对象，拿下过不少知名杂志社的通告。

有人说李琳嫁给了一个外商，有一个六岁的儿子，又有人说她的孩子是领养的，至今未嫁人。她的生活，神秘而传奇，为人也冷漠孤傲，不喜欢和下面员工过多地打交道。

"今天我告诉大家一个非常好的消息，我们这次拿到了浅米杂志的合作，模特是星娱力捧的一线女星。这一次的拍摄对我们工作室来说非常重要。"李琳刚说完会议室就沸腾了，浅米是一家全球顶级时尚杂志社，可以说是时尚界的领头羊。它每发行一期杂志都能在时尚界掀起一股流行热潮。对于摄影师来说，浅米无疑是殿堂级的平台，如果在上面留下自己的作品和名字，那无疑是实力和身份的象征。

所有摄影师都坐不住了。

"但是，"转折点一出，所有摄影师都竖起了耳朵，尽量不漏掉接下来的每一个字，因为，后面的话将是角逐这一名额的关键点，"浅米给出的主题是——灵魂的光影。公司将会通过内部竞赛，选出最有实力的摄影师，所有人都可以报名参加，凭实力争取。"

会议结束后，凌悠然一个人坐在办公桌前痴痴笑个不停，脑子里都是凌悠然大获全胜，所有人顶礼膜拜的宏大场景。然后天天用尺子敲路鸣的头，告诫他摄影得脚踏实地，认真钻研。

凌悠然的幻想最终以一把尺子打在头上告终，眼前正是她的师傅路鸣。

"老板付你工资是让你来这傻笑的？摄影得脚踏实地，认真钻研！"

凌悠然赶紧埋头工作，小不忍则乱大谋。

3

　　手术室内，主治医生穿着蓝色无菌服，戴着口罩，只露出一双深邃的眼睛。他微皱着眉头，全神贯注地盯着自己手中的手术刀，在护士完成麻醉过程后，他用手术刀切开跳动的胸膛开始手术。

　　病人年纪四十七，手术室外他的老婆和两个孩子正等待着他，这次的心脏搭桥手术风险极高。病人多处器官都处于亚健康状态，根本不能用体外循环进行搭桥。为了确保病人术后不会出现其他并发症，主治医生大胆采用高难度的不停跳心脏搭桥手术，这种技术，就是临床多年的老医生都不一定拿捏得准，但一旦成功，将极大降低病人术后出现器官衰竭的风险。

　　整个手术室的医护人员都绷着神经，主治医师一有汗水从额角渗出，一旁的助理立马将他的汗水擦掉。在最后关头，主治医生发出冲锋号角："大家集中注意力，全力以赴。"

　　主治医生的指令，让所有人都精神一振，整个团队的合作本就非常默契，现在更是仿佛合为一人。

　　随着主治医生完成缝合，手术室内所有医护人员大呼一口气，他们成功了。主治医生对着所有人点头，笑容藏在口罩后面。这是他第一次独自主刀如此高难度的手术，为此他已经连续几天没有好好休息，一直在做准备工作，而现在的结果，告诉他所有的辛苦都是值得的。

　　"辛苦大家了。"他隔着口罩发出声音，拍了拍助手的肩，松弛自己紧绷的神经。

手术室的灯灭了，病人被推了出去，主治医生随后走了出来，向坐在长椅上焦急等待的母子三人走去。他摘下口罩，露出明朗帅气的五官："手术很成功，只是病人身体太过虚弱，需要休养一段时间。"

病人的老婆舒心一笑，拉着两个孩子低头向医生鞠躬："黎医生，真的太感谢您了，谢谢，谢谢。"

一旁的男孩上前抓住医生的手："谢谢您救了我爸爸，我也想当医生，想和您一样救人，黎医生，我可以的吧！"

他弯腰摸摸男孩的头，认真地说："当然可以，你要相信自己。"

话音刚落，护士助理小跑过来，指了指他办公室的方向："黎医生，您未婚妻在办公室等您很久了。"

他点点头，走进办公室，推开门，发现凌悠然趴在办公桌上正在熟睡。他低头看了看手腕上的表，已经晚上八点了。

他取过椅子上的外套，小心翼翼地盖在她身上，还是将她惊醒了。凌悠然迷糊地揉了揉双眼，拉过他的手臂靠着："黎浅南，生日快乐。"

"那生日礼物呢？"

凌悠然起身，双手摆成花状托在下巴处，眨着双眼："就是我呀，我呀！"

黎浅南："哦，让我试用一下生日礼物，看看是不是好用。"

"讨厌，今天手术很辛苦吧！走，带你去吃好吃的。"

他微微点头，脱下工作服，套上外套，右手牵着她的手，左手帮她提着包，两人走出办公室。

几个小护士交头接耳，其中一个望着黎浅南和凌悠然的背影，羡慕地说："好羡慕黎医生的未婚妻啊！黎医生这么年轻就是心脏外科主治医生了，而且人长得又帅，家里又有钱。"

"就是啊，好想做黎医生的女朋友啊！哪怕当一天也好。"

出了医院，凌悠然才敢抬起头，刚才那两个护士在背后私语的声音她是听见了的。这么优秀的黎浅南得有多少人喜欢啊！

"你说，你们医院得有多少小护士喜欢你啊！那一双双眼睛一直死盯着你。"凌悠然说着说着又低着头，黎浅南走在前面，一转身，她直接撞进了他的怀里，他顺手抱着她："我只喜欢你。"

他说完便转身向前走去，她跟在后面小跑着："不对，黎浅南，你说错了，我要听的是另外三个字。"

黎浅南咧嘴一笑，就是不回应她的话，她一直抓着他的手臂来回摇晃，要他说那三个字，他就是不肯说，任凭她黏着自己。

医院往前七百多米就是商业区了，两人挑了家正宗湘菜馆。凌悠然喜辣，还喜欢喝点儿小米酒，她最喜欢自酿的米酒，后劲强，小酌一两杯就晕乎乎了，有种飘飘欲仙的感觉。

黎浅南将青花瓷瓶中的米酒倒了一杯放在凌悠然面前："这家的米酒是自制的，后劲很足，喝一杯就行了。"

"酒虽好，不贪杯。"凌悠然调皮地眨着圆溜溜的眼睛，端起手中的米酒在鼻前晃动，家酿的酒果然是香，她忍不住立马抿上一口，"嗯，好酒。"

他见她细细品酒的模样，便想起第一次看见她的时候，那个时候的她刚从保温箱里抱出来，小小的眼睛、鼻子、嘴巴。

那时他五岁，第一次见到这么小的人儿，他轻轻地抚摩着她牛奶般的脸颊，她望着他哈哈大笑着，小手胡乱地抓着他的手，对他一点儿都不认生。她一岁的时候，他陪着她学走路，快两岁的时候，他陪着她学说话，她稚嫩的口音只会喊着："锅锅，锅锅。"他一直在旁边矫正她，要叫"南哥哥"。她两岁多的时候，发音很不标准，老是追在他屁股后面叫："蓝锅锅，蓝锅锅。"自那次事故之后，他再也没有听过这三个字了。

凌悠然两岁多的时候，凌泽正是分局中队队长，原本那天带着凌悠然去她奶奶家的。凌泽突然接到上级领导的电话，通知他马上执行附近的一个抓捕任务，他便开车连同凌悠然一起带了过去。他将两岁多的凌悠然锁在车内，反复叮嘱，一定要乖乖等他回来。临走前，他怕女儿会在封闭的车内太难受，将后座车窗摇了一小半下来，给她透气。

抓捕任务顺利完成，在警员配合下成功捕获嫌疑人，缴获几百克的冰毒。等凌泽再回到停车的地方时，凌悠然已经不在车内了。

自那以后，凌悠然淡出了黎浅南的生活，整整十五年。

再次看见凌悠然的时候，她如同一个木偶娃娃般，没有任何记忆，生活如同一张白纸，让他很是心疼。

她见到他的时候，便对他笑，她告诉他，他是她在这个世界上除了父母外第一个认识的人。

凌泽和罗玉芬告诉他，找到悠然的时候，她生了一场大病，失去了记忆，人的精神也不好，需要慢慢恢复。他也不曾怀疑过，他开始陪着凌悠然熟悉生活中的一切，熟悉这个城市的每个角落，熟悉他们之间的点点滴滴。

凌悠然右手在黎浅南的眼前来回晃动："想什么呢，这么认真？"

"没什么。"他摇了摇头，将她爱吃的春花卷夹进她的碗里，"悠然，后天我要去美国参加一场关于先天性心脏病的研讨会。"

"去多久啊？"她吃到一半的春花卷塞满了整张嘴，说话时模糊不清。

"半个月，很快的。"黎浅南说着，又笑道，"你看你，吃得满嘴都是，快擦擦。"

凌悠然一手拿着春花卷，一手端着果汁，晃动着双手的食物："你给我擦啊！"

他温柔地帮她擦嘴，两个人的距离近到可以将彼此的呼吸混合在一起了。他低头在她的唇上轻嘬一口，在她耳旁轻声地说出她想听的那三个字："我爱你。"她的脸颊瞬间就红透了，小心脏加速跳动。

凌悠然第一次见到黎浅南，就对这个人没有任何防备，只有依赖，她一直以为这种依赖便是爱。去年初黎浅南从美国回来，她去接机，黎浅南给了她突如其来的拥抱，接下来的是毫不深情的告白。

"悠然，我们在一起吧！"他没有说"我爱你"，她也没有说，只是轻轻点头，两人便顺其自然地在一起了。他对她宠爱有加，她对他极为依赖，内心却总有地方空荡荡的。

白衣少年……

吃完饭后，黎浅南送凌悠然回家，十多分钟就到了。两人双双下车，黎浅南轻轻拥住凌悠然，她靠在他的肩上，黎浅南轻声说："这半个月，你要好好照顾自己，我不在的时候不准偷看帅哥。"

"那正大光明地看！"

"不行！"

凌悠然踮起脚尖，双手搂上黎浅南的脖子，主动将唇贴上黎浅南的唇，两人深情地在路灯下拥吻。浪漫过后，她害羞地低头看着脚尖，还没等他开口，她便大步跑进小区，跑了一小段距离，回头对他大喊着："这是生日礼物！"

"收到！"黎浅南大声回应，满足地嘴角上扬，凌悠然把整个天空染成了粉红色。

凌悠然回到家里洗完澡，将苏米从客厅抱进了房间。她害怕夜晚，不是夜晚的黑，而是那个梦里出现的少年。她从未向任何人提起过这个梦，可她隐约感觉到这个少年是真实存在的。或许只有想起他、找到他，她才敢去正视七年前的记忆。

她带着一丝不安，抱着苏米入睡。

4

凌悠然并没有梦见少年。她还没来得及享受更多三月暖阳，一到公司，便被路鸣拉去采风。

凌悠然和路鸣走进一条老旧的街道，这条街在城市北面，从民国年代开始，一直保持着现有的模样。这里的房子大都是两三层楼的青瓦房，老旧的墙上长满了爬山虎。

数条小巷子将各家各户串了起来，人们聊着天，孩子们在巷子里你追我赶的，这里安静中透着小闹。出了这条街，一切又回到了充满车笛声的大街与商城。

他们穿梭在这条街道里，端着自己手中的相机，记录着这里朴素简单的一面。凌悠然还是第一次来这里，原来这座节奏非常快的城市里还隐藏着这么寂静古老的街道，她不停地按动快门，想要记录这里的一切。

大半天下来，凌悠然虚脱地扶着路旁的大树："师傅，我饿得走不动了，真走不动了。"

简朴的餐馆内，下午的日晒变得炎热。两瓶冰镇啤酒，几个特色小菜，店虽不大，但菜的口味很不错。

"悠然，你觉得什么样的照片最戳人心。"路鸣一杯冰镇啤酒下肚，真是舒服，许久没有在这样的小店吃饭了。

凌悠然嘴里塞着满满的食物，她快速地消灭掉才回答："嗯，真实。"

她将相机递给路鸣。

"凌悠然，你的照片让我想起一个人。"路鸣翻看着凌悠然相机里的照片，这些照片真实、干净。

"谁啊？"

"维吉。"

凌悠然听见路鸣的话，差点儿激动地把喝进嘴里的汤吐出来，他们认识四年了，她还是第一次听见路鸣夸她。她啧的一声："我是凌悠然，我是世界上最伟大的摄影师！"她把"夜行者维吉"的语录当成自己的豪言壮语用。

"别给你一点儿颜色就开染坊啊，收起你那点儿小骄傲。"路鸣一下就看出了她内心的想法，被戳穿想法的她，只好低头继续吃。

路鸣将相机里比较好的照片挑出来，凌悠然拿出笔记本将他说的重点一一记录下来，他伸了个大懒腰："结束，明后天咱就可以放假了，你爱干啥就干啥去吧！"

"我们还没找好题材，放什么假？"她一脸懵然问路鸣。

"题材不是已经找好了吗？在你相机里啊！"路鸣一脸得意地笑。

"师傅，我怎么感觉跟着你，我会拿最后一名啊！"凌悠然晃着脑袋一脸质疑。

"你要相信你自己，凌悠然。"

她内心知道，路鸣在给她机会。她小声嘀咕："真是猪，吃了那么多，还点酸辣粉，都给你吃算了。"她将自己面前的酸辣粉推了过去，路鸣不客气地照单全收。

路鸣吃撑后，很没形象地打了个饱嗝，还顺带打了哈欠："唉，真困，今儿个你结账吧！请师傅吃顿饭。"

凌悠然就这样被扔在了小店里，她拿出手机，屏幕上已经显示下午三点了。

　　刚准备将手机塞进包里，就响起了电话。她接起电话，电话那头的声音像鞭炮一样噼里啪啦地说着话。

　　"我说，姑奶奶，我就来了。"凌悠然无奈地挂了电话，"女神，哪个瞎眼睛的，居然叫这个女人女神？"

第二章

困 兽 >>

1

　　央湖公园旁一大片别墅区的右边是几栋独立公寓，凌悠然提着外卖在这里下车，直奔公寓。

　　她很喜欢这里的公寓楼，位置坐北朝南，复式楼层，临近公园，设施完备，只是房价已经到了她几十年不吃不喝都买不起的地步。

　　取出钥匙打开房门的那一刻，她被眼前的景象惊呆了。

　　盘腿坐在地毯上的女人，柔顺的黑发随便扎了个鬏鬏，穿着蓝色格子吊带的睡裙，正看着综艺节目毫无形象地哈哈大笑着。茶几上摆着两桶还飘着香味的泡面，房间凌乱，衣橱的门是打开的，银灰色地毯上四处躺着丢散的衣物。

　　凌悠然打开门旁的鞋柜，换上拖鞋，缓缓走过，那人听见声音回过头对她龇牙一笑："悠然，你终于来了，我都快饿死了。"

　　"鹿萌萌，您可是模特啊，小心吃成大肥猪。"凌悠然将外卖放在茶几上，顺手将泡面桶丢进垃圾桶。

鹿萌萌迅速地将打包盒拆开，都是她爱吃的，拈起一块酥饼就往嘴里送，脸颊鼓得像仓鼠一样对凌悠然说："你不是知道嘛！我是不胖体质，怎么吃都不会胖的。"

说完她无辜地看着凌悠然，眼里尽是"我也特别讨厌我吃不胖"，凌悠然大有想将她扔进太平洋的冲动。鹿萌萌有着一米七的身高，一双白净的大长腿，大眼睛，樱桃唇，凭着天赋异禀（她自己说的），走上了模特道路。虽说不是什么国际大腕，但在这座大城市内也是一线模特了。

鹿萌萌听完凌悠然给她说今天的事，左手搂过她的肩，替她加油打气："你别担心，反正拿不到第一的，放心好了！"凌悠然隐隐想到了"绝交"二字。

"浅米这次的拍摄，我一定要拿下来。"凌悠然歪头靠在沙发上。

她想让更多的人看到她的作品，看到她对摄影的热爱。她更想通过自己的努力和黎浅南站在同一高度，不再听人背后尖锐的议论。

一说浅米，鹿萌萌微皱眉头，轻哼一声："浅米这次拍摄本来找的我，我这边都等着签合同了。结果半路杀出个程咬金，拍摄泡汤了，为了这次拍摄，我把其他的工作可都推了，所以我现在才闲啊！"

"谁啊！还敢挡我们鹿大女神的路，我们诅咒她喝水都长胖。"鹿萌萌听完凌悠然的话，拍手叫好："对，胖死她！"

"我都还不知道浅米这次模特是谁呢？你快告诉我，我好提前做做功课。"凌悠然一脸认真的模样。

"李米恩，星娱这两年力捧的女星，微博随便一搜就出来了，火着呢！"鹿萌萌和李米恩没有正面交锋过，也是听的外界对她的评论，傲娇跋扈，爱耍大牌，不过演技实力不容小觑。

"李米恩，李米恩。"凌悠然反复念着这个名字，说不出来的熟悉感，像是很久以前就经常喊这个名字。

鹿萌萌看她呆呆地念着这个名字，戳了戳她的脊背："你干吗一直念李米恩的名字，有那么好听吗？"

"没有，就是念念。"凌悠然摇摇头。

这个熟悉的名字，让她迫不及待地想见这人一面，这人和她遗忘的记忆会有关系吗？

晚餐鹿萌萌提议去外面吃，凌悠然想自己下厨做饭，索性拉着鹿萌萌到超市里买了一些菜回来，准备晚上在公寓里做一顿大餐给她吃。鹿萌萌不怎么挑食，最爱的就是鱼，蒸的、煮的、炸的，她都爱吃。凌悠然挑了几条海鱼，做了一道百里香煎鱼给她吃。

洗菜、杀鱼、炸排骨、做佐料，凌悠然娴熟的动作，让鹿萌萌不禁想起刚认识她的时候，她是个连苹果都不会削的姑娘。

凌悠然打了个电话回家，告诉父母今天她住在鹿萌萌这里，明天黎浅南上午十点整的飞机飞美国，这里离机场近，送他也方便。

两个姑娘躺在同一张床上，鹿萌萌抱着凌悠然的胳膊："悠然，你说，要是有一天我不做模特了，我还可以去干什么呢？"

凌悠然转过身来，望着纯白的天花板："去做自己喜欢的事啊！过自己想过的生活。"

凌悠然知道，起初，鹿萌萌是没有想过自己会成为专业模特的。大三那年在校外兼职做了某淘宝店服装模特，因为身高和出众的容貌被模特公司的经纪人挖掘了，为了给爱赌博的父亲还清债务，她便走上了模特这条道路。

她当了模特两年后便买了这套公寓，那个时候的她是个不出名的小模特，根本就没有能力偿还债务，但却独自买下这套价格不菲的公寓。

凌悠然从没有问过其中的原因，无论是因为什么，她都相信鹿萌萌的选择。

“哈哈！我想过的生活就是给凌悠然做专职模特。”鹿萌萌并不想和凌悠然继续前面的对话。她喜欢的，她想要过的生活，真的可以得到吗？她真的能有选择吗？

“好，我给萌萌做专职摄影师。”两人转过头来望着对方，同时“扑哧”一笑，凌悠然推了推鹿萌萌的肩，“别笑了，睡觉。”

“嗯，我要抱着悠然睡。”鹿萌萌像八爪鱼一样缠着凌悠然，今天的夜晚有些凉意，窗外不时有风吹进来，两个姑娘抱在一起，相拥入眠，在这个城市沉重的繁华下互相依靠。

2

凌悠然醒来的时候，鹿萌萌还在呼呼大睡。她用黑色眼线笔在熟睡的鹿萌萌脸上画了一副猫咪相，然后对着鹿萌萌的脸“咔嚓”几下，心情大好地赶往机场去了。

到机场大厅内的时候，黎浅南已经在这里了，她一眼就看见了坐在等候区东张西望的他。

黎浅南今天穿着黑色休闲运动裤，上身的棉麻灰色长袖衬衣敞着怀，里面穿着白色的短T恤。平常梳上去的刘海也放了下来，没有往常穿西装时的严肃，看起来丝毫不像快三十岁的男人，吸引了不少女生的目光。

“哦！今天穿得这么帅呢！美国妹子不喜欢你这种类型。”凌悠然微微噘嘴坐在他的身旁。

“哦！吃醋了呢！”

她转头不去看他，嘟囔着："我才没吃醋呢！"

"有想要的礼物吗？"黎浅南扳过她的肩问。

她偏头靠在他的肩上："有，就是你安全回来。"

"傻瓜，肯定的。"黎浅南宠溺地刮刮她的鼻尖，双手将她环抱在怀里，她清楚地听见他的每一声心跳。

两人待了一会儿，黎浅南便要去安检了，医院还有其他三人一同去，凌悠然目送着他进安检口，直到黎浅南的背影消失在视线中，她才离去。

刚上出租车，手机屏幕上出现了鹿萌萌的名字，她接起电话假装淡定地问："怎么了，萌萌？"

电话那头传来又气又笑的声音："好啊你，凌悠然，你敢在我脸上画猫，下次我去你家把苏米做成猫肉火锅吃掉。"

"苏米不好吃，它太肥了，很油腻的。"苏米的体重早就超过了平常布偶猫，凌悠然只要有时间就要带它出门溜达溜达，做做运动，希望能给它减点儿脂肪，可从未有成效。

"放心，我不嫌弃，我喜欢吃油腻的。"电话被那头切断。

凌悠然抱着手机捧腹大笑，下次可以在鹿萌萌的脸上画老虎了，兴许她会喜欢。

坐在出租车里，凌悠然用手机打开微博，搜索"李米恩"。

映入她眼中的是一张熟悉的面孔，她略微扫过李米恩拍摄的海报、广告，她和这个人究竟有何种联系，才让她觉得似曾相识呢？

她长叹一口气，看向窗外，这座城市真的是她生活了二十四年的地方吗？

"我到底忘记了谁呢？"她在心里默默问道，无人能回答她的问题，她莫名地变得失落。

凌悠然回到家中的时候，罗玉芬刚做好中饭。

"瞧你这孩子饿得，没吃早餐吗？"罗玉芬盛了一碗热汤放在她的面前。

"今天早上去送浅南，就忘记了。"

"浅南现在正处在事业上升期，但你们两个也该考虑考虑婚事了，都老大不小了。"母亲的催婚让她猝不及防。

"妈……"凌悠然欲言又止，她内心的不安该告诉母亲吗？她梦里那个白衣少年该告诉母亲吗？她不知如何去开口。

"你这孩子，干吗喊一声又不说话？"罗玉芬嗔怪道。

她摇摇头，咧嘴一笑，撒娇地说："就是突然想喊你一声嘛！"

"浅南妈妈约了我下午出去呢！"

凌悠然的母亲和黎浅南的母亲是大学室友，又是老乡，两人关系很是亲密。这也是她和黎浅南从小就玩在一块的原因，这些都是母亲告诉她的，因为她丝毫记不起她年幼时和黎浅南玩的场景。

"前两天我听爸说，您和伯母准备开个花店，爸说了，您这就是瞎折腾。"凌悠然想起父亲说这事时的模样便忍不住笑。

罗玉芬不满地轻哼一声："你爸啊，就会说风凉话！我这不也是闲得无聊嘛！再说了，我们这两个上了年纪的大妈，又没孙子带，总得整点儿事吧！"说完，意味深长地望着凌悠然。

凌悠然被这个眼神扫得全身都起鸡皮疙瘩了，面对第二次催婚，她装傻："带什么孙子嘛，开店挺好的，挺好的，嘿嘿！"

罗玉芬伸手戳了戳凌悠然的额头："你啊，小滑头！"

"嘿嘿！"她傻傻地笑着。她并不是刻意去逃避这个话题，只是七年前丢失的记忆让她不敢去想太多未来的问题。如果真的就这样和黎浅南走到最后，万一有天她恢复了记忆，记起了梦里的少年，那又该怎么办？

罗玉芬望着凌悠然，她怎会不知道自己女儿心里在想什么。她多害怕女儿会记起来，多害怕女儿会问她，更害怕那个孩子会回来。

吃完中饭，罗玉芬穿了件纯白的长款吊衫，外面套了件浅绿色的棉麻开衫，将头发盘了起来，一双白色坡跟的镂空鞋，朴素又不失优雅。凌悠然拉着她的手："妈，你好漂亮！"

"那当然了，你就是遗传了我的基因呢！"罗玉芬被自家女儿夸得嘴都合不拢了。

对于母亲的这句稍带自恋的话，凌悠然摇摇头，表示不接受，她趴在母亲的后背上："哎呀！妈，快走吧！别迟到了。"

罗玉芬出门后，家里瞬间变得安静，安静得只能听见客厅墙上嘀嗒嘀嗒的挂钟声音和凌悠然敲着键盘按着鼠标的声音。

苏米在床上睡得正香。凌悠然将房间里的甜橙香熏灯点起，手机放着轻柔的音乐，正式进入工作状态。

3

等凌悠然再抬眼望向窗外时，天已经黑了下来，隐约还能听见小区外放着广场舞的音乐。她站起来，连着伸了几个懒腰，想必母亲要等吃了晚饭才会回来了，父亲也不在，兴许会哪个朋友去了。

她也懒得一个人做饭了，冰箱里满满地堆着各种水果蔬菜。她将不同颜色的水果蔬菜洗净切盘摆好，看起来像彩虹一样。

赶紧发条朋友圈："彩虹沙拉，晚饭就是这个了。"

没出两分钟，黎浅南便在下面回复："苏米比你更需要彩虹沙拉。"

她瞅了瞅胖乎乎的苏米，看看墙上的时钟才八点，正好带着苏米出去运动运动。她也坐了一下午，腰疼得很。

凌悠然抱起苏米准备过马路，道路上来回穿梭的车辆，吓得苏米纵身一跃，跳到地面上。它锋利的爪子在凌悠然手背上划出了一条血痕。

见苏米在马路上慌不择路，她也顾不上红绿灯了，直接横闯马路。迎面来的小轿车灯光闪得刺眼，她来不及躲避，以为自己就要被撞飞了，结果车在她的面前停了下来，吓得她整个人瘫软在马路中央。

"小姐，你没事吧？"车上走下来一个穿黑色西装的男人，扶她站了起来。

"啊！没事没事。"凌悠然使劲摇头。

那人给她一张名片："如果有什么不舒服，请联系我。"

那人回到驾驶座上，启动汽车，从凌悠然身旁驶过。凌悠然这才看到车子后座坐着一个穿条纹衬衫的男人，虽然只是一晃而过，那个侧脸却让她心里微颤，为何那张脸那么熟悉？

最近，总能看到令她熟悉的面孔呢！

她拿出那人刚刚递给她的名片，名片上印着的名字是"陈严"。下面有他的手机号码，职位是项目总监，左侧是公司的名字——"MG 盛产集团"。

凌悠然一回家就看见凌泽躺在沙发上，房间里弥漫着厚重的酒味。她放下苏米，倒了一杯开水，单手扶着凌泽的头部："爸，来，快喝点儿水。"

凌泽抬起头，像个孩子一样傻笑："是我女儿呀！是我们家悠然呢！"

凌悠然替他擦拭着嘴角："是啦！爸，是我。"

"爸，您喝醉了，我扶您去房里躺着。"她正想扶父亲进房间，父亲却突然低头嘤嘤地哭了起来。

"我还以为，我再也见不到我们家悠然了。"他对着自己的左脸"啪"地一掌打下去，"悠然，爸爸对不起你，对不起你啊！"

父亲突如其来的一巴掌，把她吓住了，父亲不是很爱喝酒，一年偶尔那么几次，不论是何种聚会，他都只是小酌几杯。往常一喝醉就被罗玉芬带进房里，她从没见过父亲酒醉失态的样子。

都说酒后吐真言，她突然想试探父亲话里的意思："爸，您对不起我什么？"

"要不是我，我们家悠然怎么会过上那样的日子啊！我又怎么会害了别人！我对不起你，也对不起他们……"凌泽的抽泣声开始变大，无助的模样让凌悠然心头一酸。

她蹲下来，试图问更多有关她以前的事："爸，我以前过的是什么日子，他们又是谁？"

凌泽醉意朦胧准备开口的时候，罗玉芬推门而入。她快步走到沙发前，一巴掌拍在凌泽的手臂上："喝醉就乱说酒话，悠然，你爸喝醉了，乱说的。"罗玉芬一把扶过迷迷糊糊的凌泽，将他半拖半拉地弄进房间，丝毫不要凌悠然插手。

她呆呆地坐在沙发上，父母房间内，父亲还在嘟嘟囔囔地说着什么，她听不清楚，偶尔还听见母亲的责骂。

她知道那些醉话都是真的，她的父母不愿意告诉她七年前的事情，那些记忆到底有多阴暗，连提都不能提。七年前的事情，越没有人去提，越没有人告诉她，她内心的负担就越重。

"他们，到底是谁？"她空洞的双眼望着窗外闪着星光的夜空，多闪的星星，她和谁一起看过呢？

她不记得了。

4

对于工作室今天宣布比赛结果这件事，表现得最轻松的就是路鸣了，他双手环抱在胸前，闭目养神。

工作室的摄影师大都是这个行业的老手，不少人拿过大奖，作品自然是相当不错的。凌悠然十指交握，手心紧张得冒汗，她那么简单的照片真的可以打败别人光彩鲜丽的作品吗？

路鸣看出了她的紧张，轻轻拍了拍她的手背，试图减少她内心的紧张。轮到路鸣这一组了，屏幕上展示着他们的作品。

杨梦迪首先大笑："我说，路大摄影师，这就是您和凌悠然拍出来的照片，不是吧？你们在哪个烂街拍的。"

杨梦迪喜欢和凌悠然对着干，处处针对她，凌悠然绞尽脑汁也不知道自己如何得罪了她，也许只能有一个解释：天敌。

李琳倒是觉得这组照片颇有意思，她点头："我倒觉得这组照片很不错，捕捉到了街头巷尾的市井气息，细节的处理也很有特点。你们看这张，拉二胡的老人手上的茧子和皮肤纹理都处理得非常棒，这样的作品，正好符合我说的'灵魂的光影'。"

李琳率先鼓掌，路鸣和其他摄影师也跟着一起鼓掌。

李琳望着路鸣，一时有些失神，如果时间能够倒流，她想，她和路鸣都不会在这里。他们会背上背包，带上相机，去不同的地方拍摄各式各样的照片，追求简单的生活，可如梦的生活已经被她亲手葬送了。

"这组照片拍得真好，我们森林工作室真是人才辈出啊！浅米要的就是这样的照片。"莫老师对着凌悠然竖起大拇指。

"莫老师，浅米这样一家国际性杂志社，要的就是这种路边烂景吗？"杨梦迪轻嗤一声。

"我们摄影师要的不是景有多好，而是拍摄的技术与角度。"莫老师的一句话让杨梦迪把后面的话硬生生吞回了肚里。

"那么拿到浅米拍摄机会的就是路鸣和凌悠然了，拍摄日期定在三天后，相关事宜，浅米会派人来和你们接洽。"李琳当场就宣布了结果。

路鸣办公室内，凌悠然高兴得手舞足蹈，嘴里念着："师傅，我都不敢相信这是真的，你快打我一下。"

"瞧你这没出息的样，来，我打你一巴掌让你相信这是真的。"路鸣伸手，装作要打她的样子，她向后一躲，拉开办公室的门就往外跑，"打不到，打不到我，哈哈！"

凌悠然刚出办公室的门，手机屏幕便亮了起来，是杨梦迪发来的消息："我在楼梯口这里，有事情问你。"

当她推开楼梯口的门时，杨梦迪正倚靠在墙上，手中夹着女士香烟，烟雾从她的口中缓缓吐出，黑色收腰的连衣裙和头顶那团白雾，让她看起来像堕落的黑天使。

"说吧，什么事？"凌悠然反感地挥散尼古丁的味道。

杨梦迪向她身前靠近一步，一口烟缓缓吐在她的脸上："连烟味都闻不了，难道黎浅南还能为了你不抽烟，呵呵……"

她听见黎浅南的名字，才晓得了杨梦迪处处针对她的原因："你这样到处挖苦我，是因为浅南？"

她怎么都无法将杨梦迪和黎浅南拉扯在一块，他们之间怎么会有联系，她从未听黎浅南在她面前提过这人的名字。

杨梦迪将手中的烟丢在地上，用高跟鞋将还在燃烧的烟头踩灭，用力抓住她的双臂，向后一推，把她逼到楼梯的边缘，此时杨梦迪只要稍稍松手，她就会从楼梯上滚下去。

"凌悠然，你不知道吧！我和黎浅南在美国就认识了，我们曾经还是恋人。"杨梦迪脸上带着一丝邪魅的笑容。

她心底闪过落寞，她并不是黎浅南的所有，他的温柔，他的暖，也属于过别人。

"那又怎么样？放开我。"她努力克制着自己的情绪。

"怎么，怕我把你推下去，我怎么会做这样的蠢事呢！"杨梦迪将凌悠然拉回，半眯着眼睛望着她，"凌悠然，为什么我只能查到你最近七年的事情呢？你以前是个什么情况？"

"杨梦迪，你居然敢调查我！"凌悠然低吼着，眼里闪过不安和慌张，她害怕别人将那些过往调查出来。

"你可是我的情敌，我调查你怎么了，你吓成那样干什么？难不成你以前还放过火、杀过人不成。"杨梦迪不经意地说出后面那句话，却发现凌悠然的脸色突然变得苍白。

"你才杀过人呢！"她愤怒地抓住杨梦迪的胳膊。

杨梦迪吃痛地将她的手甩开，双手推开她的双肩，凌悠然重心不稳地直接摔落在地上，右臂在地面上磨破了皮。

杨梦迪看她摔倒的模样，捂嘴大笑："哎！你不要这么弱不禁风好不好，这样子我很没成就感。"

凌悠然双手撑地站起来，拍拍身上的灰尘，冷笑："哼，成就感，你别忘了，黎浅南现在，在谁的身边！"她不屑的眼神、说出的话，让杨梦迪差点儿以为自己见到的不是凌悠然。

"杨梦迪，有本事你就来抢，没本事，你就给我闭嘴！你杨梦迪在他眼里算什么？什么都不算！"

杨梦迪握紧双手，凌悠然说的没错，她对黎浅南一直都是自作多情，那一年的感情对于黎浅南来说不过是过眼云烟。她的付出，他总是轻描淡写一句"谢谢"就带过去了。

　　她曾问黎浅南喜欢凌悠然什么。

　　他回答说："不知道，就是想照顾她。"可是他对凌悠然的温柔、宠溺，从未给过她，所以她很讨厌眼前这个人。

　　内心被说中的杨梦迪低声一笑："凌悠然，没想到你还会说这样的话，人前人后，到底哪个才是你？你不会真杀过人吧！所以……"

　　"啪！"杨梦迪的话还没有说完，突如其来的一巴掌打得她整个人都懵了，她倒吸一口凉气，用带着嘶哑的嗓音大吼："凌悠然，你居然敢打我！"她抬起右手，准备还上一巴掌给凌悠然。

　　凌悠然的双手掐着她的脖子，让她立刻变得呼吸困难，平常那单纯的双眸露出可怕的眼神，让她不敢动弹，双手垂落在身旁。

　　"杨梦迪，你要不要也尝试一下被杀的感觉。"她咧嘴一笑，声音低沉，"看样子，人都怕死呢！"

　　杨梦迪的脸上露出的不是害怕而是不相信的神色，平常的凌悠然温顺乖巧，就像躺在沙发上的小猫咪，然而今天的她却突然露出了尖利的爪牙。

　　她艰难地说出几个字："凌悠然，你……快……放开我。"她以为自己就要窒息了。

　　凌悠然回过神来，双手松开杨梦迪的脖颈，慌忙地跑了出去，也不顾靠在墙上大声咳嗽的杨梦迪。

　　她径直向洗手间走去，打开水龙头，双手捧着凉水往自己的脸上泼，狼狈的模样出现在镜子里。

　　她摊开自己湿漉漉的双手，掐杨梦迪脖子的时候，她想起了梦里那个少年掐着自己的模样，便忍不住在手上加力。杨梦迪的话，让她内心的害怕、恐慌都流露了出来，她还有那么可怕的一面，那一瞬间，她差点儿以为自己人格分裂了。

"凌悠然，你到底是谁？"凌悠然望着镜子中的自己，那些失去的记忆，如同一头困兽，想从笼子里逃出来，她却怎么也打不开笼子的锁，放出记忆。

5

四月初的南方是多雨的季节，连着下了两日的暴雨，整个天空都是阴沉沉的。好在今天浅米的拍摄日，老天还算开恩，地面没有了雨水的痕迹。

凌悠然和路鸣一早就赶到浅米，提前做好准备，路鸣告诉她这次作品全部都由她独立拍摄。他一直在她的耳旁重复着三句话：不要紧张，不要害怕，相信自己。听得她耳朵都快起茧子了。

她嘴里嫌弃路鸣啰唆，内心却紧张得不知所措。刚才在调相机的时候，紧张得差点儿将手中的相机摔了，还好她身手敏捷，及时接住了相机，才免遭厄运。

路鸣跟浅米的负责人很熟络，一直极力推荐凌悠然，那人打量着她，眼睛表露出不放心，毕竟她太年轻。

"刚开始接触这样的大平台，被人质疑是正常的，只管好好发挥就好了。"路鸣的话，让她心里舒坦了很多。

浅米的负责人指着楼上，示意他们跟着她上楼："路摄影师、凌小姐，我先带你们去见我们这期的模特，李米恩。"

凌悠然对于去见李米恩这件事情，既有期待，又有些害怕。

路鸣什么时候不出岔子，非得在要见李米恩的时候，突然喊肚子疼，凌悠然只好一人先随负责人上楼了。

她一上二楼，就看见披着棕色长卷发的李米恩低头笑着正在和谁打电话。她穿着横纹衬衣，一条黑色的喇叭裤，头上戴着黑色棒球帽，一副大墨镜将她的脸遮住了一小半，整个人带着小性感。

李米恩只管低头打电话，丝毫不理会站在她跟前的两个人，果然如同鹿萌萌说的一样，是个大牌的主儿。

直到旁边的经纪人扯了扯她的衣角，她才挂掉电话，微胖的经纪人向凌悠然笑道："米恩，这是这次的主摄影师，凌悠然小姐。"

李米恩转头打量面前的人，她忽然不敢相信地睁大双眼，慌忙站起来，手机掉在地上。经纪人立马捡起手机，推了推失态的李米恩。

她差一点儿就喊出了那个人的名字，她们长得一模一样。

不，这就是她，那双眼睛只有她才会有。

凌悠然伸出右手，声音柔和："李米恩小姐您好，我是这次的摄影师凌悠然，希望我们合作愉快。"她怎么也没想到，李米恩看见她竟然会有如此失常的反应。

李米恩摘下墨镜，伸手握住凌悠然的右手，尽量让自己的嘴角挤出笑容，试图遮掩刚才的失态："幸会，拍摄的事就辛苦凌小姐了。"

凌悠然感觉李米恩的手有些微微发抖，对方很快将手抽回，重新戴上墨镜。两人坐在一起讨论拍摄的细节，李米恩故意不去直视凌悠然的眼睛，却又时不时会瞟向她，这让凌悠然心生疑窦，她们之间是不是原本就认识，关系或许还很密切。

李米恩起身离开准备去换装的时候，正好碰到刚走过来的路鸣，两个人对视了片刻，他们曾是这个世上最亲的人，如今却如同陌路一般。

两人就要擦身而过的时候，李米恩突然抓住路鸣的手腕，轻唤一声："哥。"

　　路鸣有整整四年的时间没有听见她这样叫自己了。

　　他想伸手去抱一抱妹妹，可是却发现手都不会动了，不知道是因为分离时间太长，还是真的变得陌生了。

　　看见她的照片登在了杂志上，看了她演的电视剧和电影，她曾经的梦想，终于实现了。

　　他们在同一个城市，但是她不曾找过他，而他也从来没找过她。

　　这一次，真是上天的安排，让他们相遇，他却说不出内心藏了几年的话。

　　"好好拍摄。"最后他说出了这四个字。

　　"嗯。"她点点头，快步离去。她不知道路鸣对她的误会早已解开了，她更不知道父母早就不埋怨她了。

　　路鸣进来的时候，凌悠然正在调试相机。她抬起头，仔细看了看路鸣的眼睛、嘴唇。

　　"师傅，我觉你和李米恩有点儿像呢！"

　　"是吗？长得像明星，那还不是因为我太帅了。"

　　她呵呵一笑："世上最自恋之人，莫过路大摄影师。"

　　"别磨叽了，快去摄影棚准备。"路鸣推着凌悠然。

　　如果当年他不是因为李琳的事错怪了她，她又怎么会那么决绝地离开家。

　　李米恩说得对，他从不是一个合格的哥哥。

　　摄影棚内，凌悠然和李米恩显得默契十足。凌悠然能很好地捕捉到李米恩各种曼妙身姿，光线、角度都恰到好处。

　　浅米这次的服装是以夏季甜心风为主，镜头下的李米恩宛若一个十七八岁的高中少女，散发着青春的气息，凌悠然越来越觉得镜头前的这个人是那么熟悉。

第一套服装拍摄结束后，凌悠然走到准备区，低头翻看相机里的照片。李米恩换好第二套服装，走到她跟前："凌小姐，一直都很喜欢摄影吗？"

她抬头，对李米恩笑了笑："嗯！从小就很喜欢。"

"凌小姐是本市人吗？"李米恩似乎想和她熟络起来，又好像在打听着什么。

她放下手中的相机，问出了心中的疑惑："米恩小姐，我觉得你特别眼熟，我们以前是不是认识？"

李米恩听完凌悠然的话，脸色微变，而后淡淡一笑："这个应该不可能，凌小姐也许在电视上见过我，或者是在杂志上看见过我的照片吧！"

"这个……或许我们真的认识呢？"凌悠然有点儿不相信她的话，刚才她脸上的表情已经出卖了她。

"我们肯定不认识，凌小姐怎么可能会认识像我这样的人呢？我们根本就不是同一个世界的人。"李米恩的话充满了不屑，她那双桃花眼流露出厌恶。

这人为什么突然对她如此有敌意？

凌悠然刚想开口，便听见有人喊："第二场拍摄准备，请模特和摄影师准备就位，各工作人员待命。"

凌悠然拿起相机，准备回到拍摄区，刚迈开第二步，整个人直接摔在了地上，脸部和微凉的大理石来了个亲密接触。她眼睁睁地看着手中的相机摔碎在地板上。

她不顾身上的痛楚，双手撑地，跪着向前爬了几步捡起相机，抬头盯着正居高临下望着她的李米恩。

"凌摄影师，你怎么这么不小心啊，相机都摔坏了，这样还怎么拍照！拍完杂志，我还有其他行程呢！"李米恩嘴里娇嗔道，还假装伸出双手想扶她起来。

凌悠然自己站了起来，明明是有人将她绊倒的，她身边除了李米恩哪还有旁人。

她双手死死地握紧相机，抬起头，嘴角扯出一丝苦笑："米恩小姐，我会马上回工作室换一台相机，不会耽误您的行程的。"

倔强的眼神还真是像极了那个人，李米恩讨厌眼前这张脸。

"我不想再见到你。"

因为李米恩的话，拍摄停了下来，浅米要求换人。

第三章

相　遇 >>

1

路鸣到达约定的地点，是一家巴西咖啡厅，李米恩正悠闲地搅拌咖啡，整个包厢里充满了南美热带雨林的气息。

"哥，你找我不会是为了凌悠然的事吧！"李米恩一抬头就看见路鸣一脸不悦的表情。

"你和悠然有什么过节，你那一句话，你让她以后怎么在行业里待下去？"路鸣拉开旁边的椅子坐了下来，他不理解李米恩为什么要这样做。

李米恩转过头不去看他，耍性子般轻哼一声："反正你总是因为别人来怪我，这是我和她的事，不用你插手。"

"她是我徒弟，我怎么能不插手，而且你的做法本来就不对。"

路鸣的这一句话，激怒了李米恩，她用力地拍了一下桌子，站起身来，四年前他因为李琳的事情错怪她，现在他又因为自己徒弟的事情来呵斥她。

"路鸣，你为什么总是要帮着别人呢？在你心里我这个同母异父的妹妹就不算妹妹了吗？"李米恩的几句反问，让路鸣哑口无言。他和这个妹妹年龄差距较大，她还很小的时候，他便在离家很远的城市念书。他一直在外，对她没有太多了解，也没有给过她任何关爱，四年前还因为李琳的事情错怪于她。

都说年龄越大越不会表达内心的情感，他此刻就是这样的情况，想了半天还是没有说出李米恩想听的话："米恩，不是这样的，可……这件事情本来就是你的错啊！"

"是，都是我的错，四年前李琳流产是我的错，我追求爱情是我的错，我丢下父母不管，也是我的错，今天还是我的错，你告诉我，我怎么做才不会错？"她也很委屈，一路走来，谁都不理解她，连自己最亲的人也不曾理解她。

她心底永远过不去的那道坎，就是四年前发生的那件事。那时李琳和路鸣结婚才两个多月，她就发现自己的嫂子和别的男人在酒店幽会。在李琳出酒店的时候，她上前质问，两人发生争吵，她不小心推了李琳一把，导致李琳三个多月的孩子流产。

那时的路鸣听信李琳的一面之词，对李米恩产生了很大的误解，父母也不相信她的话。她一气之下离家出走，一晃四年过去了。

"米恩，那件事情是哥的错，后来，我和李琳也分开了，她说，她不后悔。"路鸣一想起他和李琳的过去，还是那么心酸。

他和李琳谁都没有犯错，错的只是那时各自想要的并不一样，互相都无法给予，这才是导致两人最终分手的原因。他从来没有怪过李琳，毕竟结婚是因为她怀孕了，他一厢情愿给了她婚礼。

他原以为结了婚，很多东西就会改变，然而并不是如此。李琳的野心一直没有被他束缚，她的梦想是拥有自己的工作室，那时的他无法帮她实现，而那个人可以。

他的梦想只是能和李琳永远在路上，拍摄不同的作品，悠闲地度过一生，而她不愿意，两人从情人变成了路人。

"米恩，这次拍摄对我们来说真的很重要。"路鸣的语气带着恳求。

李米恩只是想给凌悠然一点儿难堪，并没有想过要把这次拍摄搞砸。凌悠然突然闯入她的世界，这让她一时不能接受，她害怕凌悠然的出现会毁掉她守护多年的感情。

"明天继续拍摄，我们之间的关系，不要让别人知道。"冷漠的语气，一瞬间将两人的距离拉开了。

"你和那个男孩还好吗？"

"我和他的关系比家人还要亲密。他是我唯一的依赖。"李米恩突然红了眼眶。

"爸妈很想你，有时间回去看看吧！"

李米恩轻轻应声："好。"她不是不想回去，而是不敢回去，对她来说，家是一个伤心地！

包厢里只剩下路鸣一个人，他低头自语："你也很想他们吧！"

这世上最难割舍的便是亲情，亲人之间血脉相连。待我们真正长大那一天，才会明白亲情是多么可贵。

2

凌悠然一早收到路鸣的好消息，昨晚她想了一夜，始终记不起来在哪里见过李米恩。

她的相机被摔坏了，路鸣让她先去他办公室取相机，他直接开车去拍摄地点等她。

凌悠然打车去了公司。进了路鸣办公室，靠墙摆着四个北欧风格的柜子，她只能一个个找。打开第三个柜子时，发现里面有个小抽屉，她伸手握住把手，沉思一会儿，还是将抽屉拉开了。

里面只有一个倒扣的相框，她拿起相框，照片里的人，让她大吃一惊。照片里李琳和路鸣紧紧相拥，看起来十分甜蜜。

"你在看什么？"李琳的声音吓得她手一抖，"哐当"一声，相框砸在地面上，相框的玻璃碎了一地，照片就那样映入李琳眼中。

"李总，我不是故意的，对不起。"凌悠然抬头看见李琳微微发红的眼眶。

李琳一直盯着照片，过了许久，才缓缓蹲下去，拾起已经破碎的相框。她和路鸣的感情像这相框一样，碎了就再也找不回来了，而且是她亲手摔碎的。

"凌悠然，你什么都没有看见，知道了吗？"李琳的眼神不似平常那么犀利，而是露出了哀伤。

"明白。"

李琳缓缓走了出去。凌悠然第一次看见她这样落寞的背影。

凌悠然赶到浅米的摄影棚时，路鸣正在喝着豆浆。他爽朗一笑："放心，没事了，等下好好拍摄就好了。"

"嗯，好！"凌悠然特别想把刚刚在办公室发生的事告诉他，李琳的动作、眼神都透露出她还在乎路鸣。

他们之间或许还有可能。

凌悠然终于还是没说出口，她根本就不知如何去表达。尚不知情的路鸣在一旁给她加油，让她好好拍摄。如果他发现抽屉里那张照片不见了，他会作何感想？

拍摄进行得非常顺利，李米恩在镜头前的眼神永远是那么迷人，仿佛之前的不愉快并没有发生过。

整场拍摄在晚上六点结束。李米恩从经纪人手里接过外套搭在肩上，根本没有抬眼看凌悠然，直接走出了摄影棚。

化妆间里，化妆师正给李米恩补妆做造型时，经纪人火急火燎地跑进来："米恩，刚才楚总来电话了，说待会儿亲自来接你过去。"

"什么？"李米恩激动地差点儿将化妆师手里的散粉打掉，脸上露出慌张的神色。她清了清嗓子，"我这边补妆还需要点儿时间。他要是来了，你让他在休息室等我，千万不能让他看见凌悠然。"

"啊？好……"经纪人虽然莫名其妙，但只能点头说好。

"尽量快点儿。"李米恩督促化妆师。

他们两人绝对不能见面，绝对不能让他再见到凌悠然。

凌悠然收拾好东西，跟路鸣一起离开浅米。刚走到路鸣的汽车旁，凌悠然的手机突然响了起来，是鹿萌萌打来的电话，说现在开车来接她，庆祝浅米摄影圆满结束。

"师傅，萌萌说她来接我了，她问你要不要跟我们一起去庆祝啊！"凌悠然挂了电话，对刚刚打开车门的路鸣说。

路鸣的头摇得跟拨浪鼓似的："不去，不去，我才不想和那个疯姑娘待在一起呢，我先把东西放回公司，你自己好好玩吧！"

"哦，好，那师傅开车注意安全。"凌悠然看着路鸣的车慢慢驶出视线，突然想起来，背包好像落在休息室里了。

她走回休息室门口时，见门缝里透出灯光，心想李米恩不会在里面吧。她挺直腰背，深吸一口气，小心翼翼地打开休息室的门。

出乎意料的是，一个穿着黑色西装的男人正坐在沙发上，右手支颐，打着盹。她踮起脚尖轻轻地向储物柜靠近，尽量不发出声音，拿到背包后，又轻轻地走回门口。临走时，她忍不住望了一眼那个男人，那张侧脸像极了那天坐在汽车后座的人。

　　那人似乎被她吵醒了，不过还未等他抬起头来，凌悠然便已经跑出了休息室，她甚至都没看清那人的正脸。她拍拍胸脯，好险，虽然没有看清正脸，却能感受到那人双眸里可怕的眼神。

　　凌悠然是一路跑出浅米的。刚才门口还没什么人，这时候却冒出来许多拿着相机、摄影机的记者，大概是等着拍李米恩的。凌悠然无奈地摇摇头，这些记者可真敬业啊！

　　没一会儿，李米恩走了出来，她旁边站着的男人让凌悠然移不开双脚。她望着这个男人的脸，这是一张好熟悉，又让她好难受的脸。

　　这张脸十分清秀，浓黑的双眉下是深邃的目光，一身黑色西装衬出他修长的身材，他低头对李米恩浅笑。

　　再抬头时，他望向凌悠然。

　　两人的目光在空中相交，凌悠然的心突然好疼好疼，疼得她呼吸都有些急促。

　　她在他的眼里看到了愤怒、难过、不相信，复杂的眼神让她忍不住一步一步向前走去。突然有人抓住她的手腕，将她拉出那人的视线。

　　"你干吗呀，电话也不接，一直在那里呆站着，还好我身手敏捷，不然就被记者拍到了。"鹿萌萌的声音，让凌悠然从混乱的思绪中回到现实。

　　"啊！"凌悠然抬头。

　　"悠然，你怎么哭了？"

　　凌悠然伸手摸了摸自己湿润的眼角，抿唇一笑："风太大了。"

"还别说，风真挺大的，有点儿冷呢！"鹿萌萌拉着她往停车场方向走去。

她脑海里满满的都是那人的双眸。

3

车里放着劲爆的 DJ 音乐，鹿萌萌时不时还跟着唱上几句。凌悠然却安静地坐在一旁，望着窗外灯火辉煌的城市发呆。

鹿萌萌一个急刹车，凌悠然重心向前，安全带勒得她肋骨生疼。鹿萌萌关掉音乐，嘴里咒骂了一句："哪个瞎眼的，敢挡老娘的路，也不怕老娘撞飞了他。"

鹿萌萌下车将车门狠狠一摔，突然半横在她车前的宝马打着双闪，她叉着腰站在路中间，看不清车里人的样子。她撸起袖子，正想把车里的人暴骂一顿，但从车上下来的人让她瞬间不敢再往前走了。

她站在那里看着那人朝自己走来，难道她私下说李米恩的坏话被这人知道了，来找麻烦的？

再等鹿萌萌反应过来时，发现那并不是朝她走来，而是她的车，而车里只有凌悠然一人。

凌悠然坐在车内，望着他一步一步靠近，她用颤抖的双手解开安全带，下车站在他的面前，轻声问："我们……是不是认识？"

那人双眼噙着泪水，轻轻点头。

他将她一把抱在怀里，她如同一个乖巧的瓷娃娃一般依偎在他的怀中。他拉着她上了自己的车。

"你要带我去哪里？你是谁？你是不是……"她想问，他是不是梦里那个少年。

他转头望着她，他的眼神吓得她往后缩了缩，那人踩上油门，车行驶的速度快得将路旁的树木拉成了一条黑影。

鹿萌萌像是被施了魔法一样，呆立原地，看着凌悠然上了那个男人的车。直到车子驶出视线，她才回过神，右脚用力地蹬在地面上，十几厘米的高跟鞋震得她脚后跟生疼。

她倒吸一口冷气："悠然被他带走了。"

她也顾不上脚疼，也不去猜那人为什么要将凌悠然带走，跑回车里，将油门踩到最大，试图去追前面那辆快要消失在视线里的宝马。

鹿萌萌向来喜欢追求刺激，开车的技术自然是不错的，她紧紧追着那辆宝马，一个红绿灯，将她的车和那辆宝马都拦截了下来。

她立马拿出手机在通讯录里找黎浅南的电话，正想打过去的时候，想起此刻黎浅南正远在美国，根本就帮不了忙，只好拨通了路鸣的电话。

"嘟……嘟"电话那头无人接听，到最后传来的声音是："您好，您拨打的电话暂时无人接听，请稍后再拨。"

鹿萌萌连着拨了三次都是无人接听，咬着牙低吼："路鸣，你死哪去了，这些男人，到关键时刻，没一个靠得住的，真是靠爹靠妈，不如靠自己。"

红灯变绿灯的一刹那，那辆宝马飞驰而去，鹿萌萌前面的车却半天不动，她疯狂地按着喇叭，此刻心情焦躁的她，真恨不得把前面的车主拉下来暴揍一顿。

过了半晌，前方的车才开动，此时她和那辆宝马的距离已经拉得很远了。鹿萌萌一路狂踩油门，连着闯了两个红灯，她只希望凌悠然不要出事，那人的眼神看起来太吓人了。

宝马车里，凌悠然死死地抓住车顶的扶手，车快得她都想吐了，那人的脸色依旧阴沉，只顾一路开车。

"你能不能开慢点儿，我要吐了。"那人听见凌悠然的话，将车的速度放慢，偏头望了她一眼。

"苏木槿。"那人不带任何情绪地说出这三个字。

凌悠然听清楚了，这是一个人的名字。她看向他悲伤的双眼："你认错人了，我不是苏木槿，我是凌悠然。"

"你是凌悠然，那苏木槿是谁？她是谁？"那人突然低吼。

"我不知道。"凌悠然低下头，不知为何，看见他的眼睛，她便想哭。此刻的她，双眼含着泪水，眼眶红了一大圈。

那人一手握着方向盘，一手捏住她的下巴，迫使她看着他。他肯定地说："你就是她，你就是苏木槿。"

"我不是。"凌悠然将男人的手打开，然后伸手去和他争方向盘，"让我下去，让我下去！"

"苏木槿，你给我放手，放手！"那人试图将凌悠然的手从方向盘上拨开，而她死活拽着方向盘。在两人的争夺下，方向盘失去了方向，靠河边的道路上没有多少车辆，车直接向右边的河堤撞了过去。

慌乱之中，那人伸手将凌悠然的头抱在怀中，急忙踩刹车，他的头撞在了方向盘上，车瞬间熄火了。

凌悠然从那人的怀里挣脱出来，害怕地尖叫了一声，那人已经昏迷过去了，他额头的血缓缓流向脸颊。她打开车门，头也不回地往前方跑。她害怕血，很害怕，一种莫名的恐惧向她袭来，跑着跑着，她猛地摔倒在水泥路上，膝盖和大腿火辣辣地疼。

"悠然，悠然。"鹿萌萌将车停在一旁，走到凌悠然身边。

凌悠然看到鹿萌萌，双手抱住她，嘴里念着："萌萌，怎么办，他……

他的头在流血，快救救他啊！"

"悠然，你冷静点儿，我现在就叫救护车，不会出事的，不会的……"鹿萌萌看着不远处停在河堤旁的车，拿出手机拨号，"喂，120吗？沿江路旁有人出车祸了。"

"萌萌，他是谁？"凌悠然抬头问，她看见这人时，忍不住想靠近他，而当靠近他时，又害怕得想逃走。

"MG集团的总裁楚慕格，年纪轻轻就有自己的集团公司，旗下有多家子公司，星娱就是其中一家，所以李米恩跟他关系非同一般。今天的事，我们就当作没有发生过，知道吗？离他越远越好。"鹿萌萌一直觉得楚慕格这个人不简单。

传闻楚慕格做事心狠手辣，黑白两道通吃，怕是别人不敢做的他都做了，所以鹿萌萌才觉得他危险至极。

而他与凌悠然之间的关系怕是不一般吧！

"楚慕格，楚慕格。"凌悠然念着他的名字，双手紧紧抱着头，有什么东西想从脑袋里蹦出来，脑袋疼得让她忍不住低声闷哼，鹿萌萌吓得赶紧抱住她："悠然，悠然，你怎么了，头疼吗？"

"疼，好疼。"凌悠然不受控制地抓住自己的脑袋，脸上的表情很痛苦。

她眼前一黑，身体轻飘飘地掉进了一个时空旋涡，但那个时空里所有的东西都模糊得很，她怎么也看不清。

4

凌悠然缓缓睁开双眼，看见白色的天花板，病房里弥漫着消毒水的气味。

她怎么来医院了。她觉得自己好像做了一个梦。她遇见了那个人——梦里的他。

"悠然，头还疼吗？"罗玉芬提着保温壶推门而入。

她抚摩着女儿的头。昨晚接到鹿萌萌的电话，她急忙赶来医院。医生告诉她，记忆长时间被催眠的人，再遇到以前认识的人，会头疼，甚至晕倒，有时还会出现记忆紊乱。

七年过去了，她担心的事情，终究要发生了吗？

凌悠然虚弱地摇摇头，肚子咕噜噜地叫了起来，罗玉芬笑道："饿了吧！妈给你熬了你最爱喝的五谷粥。"她将保温壶里的粥盛了出来。

"妈，您原来告诉过我，我小时候是在外婆那里长大的，没生病之前，我是不是叫别的名字？"

罗玉芬的脸一下变得煞白："你胡说什么呢！你就叫凌悠然。"她低头吹着手里还在冒热气的粥，不想和女儿继续讨论这个话题。

"妈，我到底生的什么病，怎么会什么都不记得？你们到底对我隐瞒了什么？"凌悠然的双眼直直盯着母亲。

罗玉芬无奈一笑："我是你妈，对你哪有什么隐瞒。"

凌悠然并不死心，继续追问："妈，那我以前是什么样的人？我以前认识什么人？我真的是凌悠然吗？"

女儿的一个个追问，让罗玉芬变得焦躁，她紧锁眉头，发出尖锐的声音："你不要再问这些问题了，你就这么不相信你妈的话吗？"

凌悠然第一次见母亲发火，她伸手将母亲手中的热粥推翻在地，大吼："我不相信，我到底有什么见不得人的过去，为什么你们一而再，再而三地逃避问题？"

罗玉芬生气地扬起右手。凌悠然的眼里满是委屈，望着母亲说："你打啊！"

罗玉芬的手停在半空中，过了好一会儿，她缓缓地收回了手，低头哽咽："我们家悠然，一直都是很乖、很好的孩子啊！"

她双手捧住女儿的脸颊。作为母亲，她没有陪伴女儿长大，没有陪她去参加幼儿园的亲子比赛，没有陪她一起准备求学过程中的一场场考试，没有像其他母亲一样见证孩子早恋时的懵懂。她忍不住抽泣："我不配做一个好母亲。"

凌悠然看见母亲眼角流下的泪，感到有些自责，她怎么能因为这些事情对母亲大发脾气呢！她拭去母亲脸上的泪，低声认错："妈，对不起，我错了，我只是突然很想知道原来的事情而已，我……"

她的话还没说完就被罗玉芬打断了："你以前是个很安静的孩子，不喜欢和别人相处，也没有关系很好的人。悠然，那个时候爸爸妈妈把你寄养在外婆那里，不在你的身边，所以那些年你过得一点儿都不开心，不要再去想了好不好！"

罗玉芬握住凌悠然的手，用恳求的语气说："悠然，你不要再去想原来的事情了，就当为了爸爸妈妈，我们现在不是很幸福吗？不要去想了，好不好，悠然？"至少，罗玉芬认为这些都是善意的谎言，她不愿那些肮脏的过去再影响到她好不容易找回来的女儿。

"好，妈，我答应你，我答应你。"

听到女儿的话，罗玉芬露出舒心的笑。凌悠然知道母亲说的这些话，没有几句是真话，可是她不忍心再让母亲的难过。

楚慕格的出现，打破了凌悠然这七年的平静生活，找回记忆的决心在她心底更加坚定了。前方到底是深不见底的黑洞，还是冲破黑暗的光明，她不知道，也不敢去想。

路鸣和鹿萌萌是一起来的。路鸣围着凌悠然转了几圈，双手在她的眼前晃动："悠然，现在你还有哪里不舒服吗？"

"没事了，我没那么弱不禁风！"经过昨晚的事，她的脸色依旧显得有些苍白，脸上的笑容也很勉强，这一切路鸣都看在眼里。

昨晚鹿萌萌打了三个电话来，他一直在书房工作，手机调成静音丢在了卧室里。等忙完已经晚上十点多了，回电话给鹿萌萌的时候，得知凌悠然住院了。他随即赶到医院，鹿萌萌告诉他凌悠然低血糖犯了，他当然知道这个不是理由，低血糖有必要来脑科吗？只是既然鹿萌萌不愿告诉他，他也不会打破砂锅问到底，有一天凌悠然想告诉他的时候，自然会和他说的。

"哎，你说你低血糖那么严重，也不告诉我，以后师傅我就少安排一点儿工作给你嘛！"路鸣想活跃一下气氛。

凌悠然看了一眼正给她使眼色的鹿萌萌。一向不善于撒谎的人，演技总是很浮夸，她只好抓头傻笑："最近也许太累了，没事，养一段时间就好了。"

路鸣正想开口说话，护士走了进来，凌悠然已经输完液了，细小的针管从她的手背拔出来。护士临走前还嘱咐了几句话："好好休息，不要逼自己去想伤脑筋的东西！"

凌悠然微微点头："好！"

鹿萌萌打开窗户，医院空旷的草坪上，种满了木槿，她指着下面：

"悠然，快来看，又到了木槿开花的季节了。"

四月的暖阳天就要来了。

路鸣靠在墙上，望着窗外的木槿，吐槽说："这木槿不就是灌木丛嘛！开的花哪里好看了，真不知道这丫头为什么这么喜欢。"

"哎，路鸣，您老人家懂什么呀！"鹿萌萌一脚踢在路鸣的脚上，疼得他大口吐气。

路鸣看了看手腕上的表："悠然，我得先走了，师傅给你批假，等你身体好了再来上班啊！"

鹿萌萌闹腾地跟在路鸣身后，说出去给凌悠然买点儿吃的。

刚刚还很热闹的病房一下子变得安静。凌悠然穿着病号服站在窗前，一边感受阳光的温暖，一边欣赏窗外开得正欢的木槿花。

木槿属于灌木的一种，大都生长于南方，花期长，但是每朵花盛开后，很快就会凋谢，来年再重新绽放。就像是太阳不断地落下又升起，像春去秋来四季轮转，却生生不息，更像爱一个人一样，会有低潮，也会有纷扰，但是爱的信仰永恒不变。

凌悠然很喜欢木槿，它普通，但是坚韧、永恒、美丽且温柔，而她更喜欢"木槿"这个词。

想起昨日遇见的楚慕格……"苏木槿"，她原来的名字就叫苏木槿吗？

第四章

繁　花 >>

1

VIP 病房内，楚慕格躺在病床上阴着一张脸，翻看手中的资料。

陈严坐在一旁缓缓说道："慕格，这个凌悠然，在森林工作室上班，是一名摄影师助理。未婚夫是黎浅南，正安医院的外科主治医生，同时还是黎氏集团的少东家。这个女生的资料特别奇怪，只能查到近几年的信息，她之前的一切，一片空白。"陈严停顿了一下，一脸沉重地望着他，接着说，"她父亲，是凌泽。"

楚慕格将资料放在床边的柜子上，又随手拿起了几张照片。他盯着其中的一张，照片里的这张脸和七年前的苏木槿一模一样，只是脸上流露的不再是那种孤傲，她的笑容真是温暖。

她和黎浅南相拥的照片，刺得他双眼生疼。她的内心难道毫无愧疚？还是真的把他忘记了？

他双手用力一扯，照片被撕成了两半。

凌泽，他恨不得亲手杀死的仇人，竟然是苏木槿的父亲，他现在依旧记得七年前她离开的时候对他说的每一句话，那些话像针一样刺在他的心上。

七年前，他爱她，可以为她做任何事情，甚至不惜背负杀人的罪名，忍受世人的唾弃。

在那个灰暗的房里，他戴着冰凉的手铐，那时苏木槿冷漠的脸让他好害怕。

"苏木槿，你等我，只要三年就好了。"

"楚慕格，我凭什么等你，等一个杀人犯吗？我真的厌恶这里了，讨厌这里的每一寸土地、每一个人，包括你。我要离开这里，越远越好。"

冷漠的脸、冷漠的话，让他的心一点一点凉了下去。

那时他们不过都是十七八岁的孩子，谁能接受这如噩梦一样的变化，楚慕格以为他的勇敢会换来苏木槿的深情，没想到，得来的是如同十二月寒冰般的冷漠。

"苏木槿，你知不知道我为你做了什么？坐在这里的本来应该是你，可现在是我，是我……"楚慕格声音低沉，短短几日，一切都变了，他变了，苏木槿也变了。他早就该知道，冷漠自私的苏木槿才是真正的苏木槿。

"没有人要你背这个锅。如果戴着手铐坐在那里的是我，我会死。"

她不想在这个见不到光的房间里待着，经过那么多年黑暗的生活，她双手沾满了鲜血才最终救赎了自己。所以她自私，她没有勇气去承认这件事情，去救楚慕格。况且，她还被那个视频威胁着，她想逃，逃到连楚慕格都找不到的地方。最后，她将落寞的身影留给了楚慕格。

楚慕格对着慌忙离去的背影大吼："木槿，苏木槿，你离开了，我会恨你的，恨你一辈子的。"

"这么快，就把她的资料调出来了，陈严，你办事真靠谱啊！"李米恩一进病房便看到了楚慕格手里的照片，还有床头柜上的资料。

陈严讪讪一笑，将资料收了起来，又一把抢走了楚慕格手里的照片，一起塞进文件夹里，低头轻声对他说："好好说，毕竟昨天的事是你不对。"

陈严离开病房，李米恩一脸不悦地坐在沙发上。楚慕格今天早上看到了报纸，头条便是："当红女星李米恩遭情人知己楚慕格抛弃。"

"楚慕格，对于昨天的事情，你没有什么要说的吗？"李米恩看他半天不说话，火气一来，将茶几上的水果全部扫落在地上。

"对不起，消息我已经让陈严封锁了。"他的脸上没有因为李米恩小小的撒泼而有任何变化。

李米恩突然特别怀念七年前的楚慕格，那时的他热情、阳光、幽默。开心的时候常常会手舞足蹈，生气的时候脸上会露出不满，而如今不管发生什么事，他都面无表情。

不哭，不笑，不闹。

苏木槿的离开改变了他们之间的一切。

她起身向病床走去。突如其来的拥抱让楚慕格不知道该把手放在哪里。

李米恩的双臂环抱在他的脖子上，头部亲昵地靠在他的肩上，柔软了语气："慕格，我们回去吧。我想回去了。"

这句话让他的心里一下内疚起来，他伸手抱住她的背，嘴角扯出苦涩的笑容："好！等我出院了，我们就回去。"

四年来，他所有的心思都放在让自己变得强大、替父亲报仇上面，甚至忘记了他怀里的这个人为了他抛弃了所有。在那个城市里，她还有年迈的父母一直等着她。

"对不起。"楚慕格伸手抹掉李米恩眼角的泪。

李米恩觉得心头有些酸涩，转头望向窗外："你的'对不起'，是我最不想听的话了。"

她想听的并非这三个字。

年少的我们以为付出便会有收获，到最后，我们深知那是无悔的青春。

2

住院部的深夜甚是安静，凌悠然睡得蒙蒙眬眬，一只冰凉的手抚上她的脸颊。她睁开双眼，一个黑影坐在她的床边，吓得她双手紧抓被子坐了起来。

借着窗外微弱的月光，她看清了这个人的模样，这才松了一口气。

她伸手摸到床边的开关，打开了病房的灯，楚慕格穿着和她一样的病号服坐在床边。

看到他额头上缠着的绷带，她轻问："你的伤怎么样了？"

"还好，死不了。"楚慕格已经在她床前坐了两个多小时了，他一直在观察着她熟睡时的模样。她总爱紧紧皱着眉头，他几次伸手将她的眉舒展开。

凌悠然一直抿着嘴唇，低着头，时不时抬起右手摸摸自己的耳垂。楚慕格将这些动作都看在眼里，苏木槿觉得尴尬紧张的时候就会做这些动作，无论时间过去多久，习惯总是改不了的。

他再次喊出了那个让他既憎且爱的名字："苏木槿。"

"我不是她。"凌悠然抬头，看见他眼里的失望，竟然心头一酸。

她伸出右手，冲他一笑："你好，我叫凌悠然，凌晨的'凌'，悠然自得的'悠然'。不管我们之前有什么误会，我都不叫苏木槿。"

他不理会她伸出的右手，站起身来，哽咽地说："苏木槿，复苏的'苏'，木槿花开的'木槿'。"

说完，他起身拉开病房的门。她凝视着他的背影，轻唤他的名字："慕格，楚慕格。"

楚慕格回到自己的病房，墙上的时钟显示着凌晨一点整。窗外突然下起了暴雨，南方将会进入漫长的雨季。雨水冲刷着整个城市，却洗不去记忆的浮尘。

他第一次遇见苏木槿的那天，也是下雨天。

那天他从便利店走出来，在回家的路上，听到巷子里传来了女生尖叫的声音。

傍晚的路灯一闪一灭，他踩着石板上的积水走过去，不远处一大群女生围在一起。那时的苏木槿手里紧紧握着一根破旧的木棒跌坐在石板上，全身被雨水淋得很狼狈，眼里露出倔强的目光。

那个目光吸引着他向前，在苏木槿被那群女生撕扯着衣服与头发之时，他冲了过去，像一个勇士一样挡在她的身前。

"你们干什么？放开她。"

楚慕格单手举着雨伞，俯身去扶苏木槿："别害怕。"

苏木槿并不领情，左手拉着自己被撕烂的外套，右手撑地，自己站了起来。

"哪来的小哥哥，不要乱管闲事。"那时李米恩的脸不像现在这样精致，脸颊带着一点儿婴儿肥，烫着爆炸头，嘴里嚼着口香糖，完全是一个小太妹的形象。

苏木槿有些站不稳，楚慕格伸手扶住她："我是她朋友。"

"哈哈……喂，你们听到没有，他说她是苏木槿的朋友，苏木槿有朋友吗？"那群女生大声笑着，李米恩向前走了几步，一手揪住苏木槿的衣领，"你别以为今天还真有人能救得了你。"

"我不管你们之间有什么过节，现在我要带她走，有问题可以来找我。"楚慕格一手搂过苏木槿的肩，将她横抱起来，往巷口走去。

她的头深深地埋在他的怀里。

李米恩在他背后大喊着问："喂，我去哪里找你？"

"明扬中学，初三二班，楚慕格。"他就那样带走了苏木槿。

傍晚的大雨越下越凶，走出巷子，他将她放了下来："你家住在哪里？我送你回去。"

她抬起头，嘴角和眼睛下方微肿着，双脚来回磨蹭着地面："我现在不能回家，你可以收留我一个晚上吗？"

"啊！"他抓了抓脑袋，将自己的外套脱下来，搭在她的肩上，顺手拉过她的手，"走吧，我爸今天正好出去了，晚上应该不会回来。"

那时的苏木槿第一次感受到温暖，她握紧了楚慕格的手，莫名地感到安心。

走了几分钟，便到了楚慕格的家。

苏木槿呆呆地站在客厅，环视着周围，这个家虽是简单，却充满了家的味道。

楚慕格递给她一套衣服，低声说："你先去洗澡吧，别着凉了。穿我的衣服，我们家没有女孩子的衣服。"他见她不动，就将衣服塞进她的手里，推着她的后背进了浴室。

她脱下湿透了的衣服，打开喷头，下意识地看窗户有没有锁紧，是否能通过门缝看见浴室里面。她深呼一口气，这里不是家里，很安全，不用担心有人偷窥她洗澡，也不用担心那个人会破门而入。她安心地感受热水淋过皮肤的感觉。

她洗完澡出来的时候，餐桌上有两碗正在冒热气的面条，楚慕格从厨房端出一盘小菜:"洗好了啊,那就吃点儿东西吧!"

楚慕格的衣服穿在苏木槿的身上,宽松得很,两个人尴尬地望了对方一眼,一起坐在了餐桌旁。她低头摸了摸自己的耳垂,开始吃起了面条。

他轻声问:"好吃吗?"她点头。

"不够的话,我再去给你煮。"楚慕格嘿嘿傻笑着,苏木槿冷淡地点点头。

吃完面,他剥开煮熟的鸡蛋,移了移椅子向苏木槿的方向靠近:"你能把脸凑过来吗?我用鸡蛋给你揉揉。"

苏木槿不好意思地将脸凑了过去,伤口的瘀青在鸡蛋的温度下慢慢化开,楚慕格小心翼翼地问:"你和她们是一个学校的吗?我还是第一次看见女生打人呢!她们为什么要打你?"

"哪有那么多为什么?"她抢过楚慕格手中的鸡蛋,警告他,"喂,你不要再问我任何问题了。"

"我不叫'喂',我有名字。"

"明扬中学,初三二班,楚慕格。"她抬头望着他,刚才他自报家门的时候,她就已经记住了。

"苏木槿,你真的没有朋友,一个都没有?"他也已经记住了她的名字。

"楚慕格,你为什么又来问问题了?我想睡觉了。"她站起来,仔细瞧了瞧这套房子,客厅前面有一个很大的阳台,那里面种满了各种花草。

楚慕格推开阳台的门,从花草丛中抱出一小盆薰衣草递给她:"你睡我房间吧!这个给你,怕你认床,薰衣草可以帮助睡眠的。"

"谢谢。"她接过薰衣草,走进房间,她以为男生的房间都是很脏乱的,而楚慕格的房间格外整洁。他的房间有扇大窗户,拉开窗帘,可以看见窗外的木槿树，树上初开的花朵被雨水打落在地上。

雨水滴滴答答地下了一夜，房里的少男少女在雨水的歌声中安睡，一段缘分在雨夜拉开了帷幕。

谁也没有想过那么冷漠的苏木槿竟然会这么轻易地相信楚慕格，会对他如此依赖，将温柔付诸他一人。

隔天楚慕格是被闹钟闹醒的，他迷迷糊糊地睁开眼睛看着墙上偌大的挂历。今天是周六，他穿起拖鞋，来到自己的房间门口，轻叩着门："苏木槿，你醒了吗？"喊了几声，他见无人应答，便推门而入，床上空无一人，只剩叠得整齐的被褥。

窗外的风吹得窗帘呼呼作响，窗边书桌上的笔筒压着一张纸条。

"楚慕格，我走了，谢谢你昨天帮了我，对了，你的衣服我借走了，还有你的存钱罐里的钱我也借走了，有机会再还给你。"他伸手拿过他的金色小猪，摇了摇，一分钱都没有了，他却不自觉地咧嘴笑了起来，望向窗外又重新开了一轮的木槿花。

那时的苏木槿，唯一肯亲近的人就是楚慕格，那是她唯一想去珍惜的人，是她人生中的四月繁花。

<h2 style="text-align:center">3</h2>

凌悠然的身体没有什么大碍了，罗玉芬生怕再出点儿什么意外，硬是让她再住一个礼拜的院。

临近下午，外面的天空一洗上午的阴沉，过了今天，她终于可以出院了。她站在窗前伸了一个大大的懒腰，这么好的天气，去郊外的木槿花园取景不知道多美呢！

"凌悠然。"背后突然响起了一个陌生男子的声音。

她转过身，多么熟悉的一张脸，俊俏之中带着桀骜。男子大约二十五六岁的模样，小麦肤色，白色的衬衣袖口卷到手臂中间，脸上挂着让人看不透的笑，她用不解的眼神打量着眼前这个人。

"对，你失忆了，肯定不记得我了，那我重新自我介绍。我叫齐思源，齐国的'齐'，思念的'思'，源源不断的'源'，这个名字你应该永远记住才对啊！"齐思源依旧保持着看不透的笑。他早就知道她在这座城市了，一直暗中监视着她的生活，这么多年，他精心布局的好戏终于要开场了。

苏木槿，这一次你还要往哪里逃？

凌悠然愣了愣："你是谁？你以前认识我？你还知道我什么事？"

听了她一连三个问句，他低头一笑，一步步向她走近："当然认识了，我知道的事情可多着呢？我知道你所有的事。"

她用轻柔的声音说："我什么都不想知道，也不想知道你是谁，你可以走了。"

"啧啧……现在说话都这么温柔了，看样子黎浅南调教得不错呀！以前你不是总爱无视别人吗？"他露出邪恶的笑容，"是不是觉得我知道的挺多的，我还知道更多呢！比如，你喜欢抱着苏米去菜市场，到了冬天就喜欢去城北的火锅店吃涮羊肉，每年四月中旬去一次郊外的木槿花园。"

他的笑容、他的话，让她全身冒虚汗。她声音有些颤抖："你想干什么？"这个人竟对她了解到了这种地步，或许他一直在跟踪她，或许还有更可怕的？

"以后你就知道了。"齐思源盯着她的脸，他曾一度迷恋她，可是她的眼里却只有楚慕格。他发过誓，如果他不能得到幸福，他也绝不会让苏木槿好过。

她已经紧张得双腿发软了，但还是挺直腰背。齐思源双手环抱在胸前："你和楚慕格已经见面了吧？怎么样？他可是你最讨厌的人啊！"

"我怎么感觉我讨厌的是你呢？"她脸上即使流露着害怕，也依旧有着倔强。

"女人越是嘴上说讨厌，越是代表心里很喜欢，你不知道吗？"齐思源一步一步向她靠近，她一步一步向后退，直到她的腰撞上了窗台。

"你们在干什么？"鹿萌萌推门进来的时候，看到的是这样的画面：凌悠然半倒在窗台上，齐思源双手禁锢着她，动作暧昧至极。凌悠然一把推开齐思源，他一个没站稳，向后倒退了几步。

鹿萌萌踩着高跟鞋走上前，愤怒地一巴掌扇在齐思源的脸上："我还以为你就在日本不回来了呢？"

齐思源左手大拇指摸了摸微微有点儿肿的嘴角，冷淡地说："我回不回来，和你没有关系。"他将自己手中的名片放在桌上，"凌悠然，你一定会打这个电话找我的。"说完便走出去了。

病房里只剩下凌悠然不解地望着鹿萌萌。鹿萌萌没有说话，过了一会儿追了出去。

鹿萌萌踩着高跟鞋一路跟在齐思源的身后小跑，到了停车场，他正准备开车门，她一把抓住他的手腕："为什么两年前你突然去了日本，又为什么要让别人来联系我，你……"她还有好多好多话想要对他说。

"鹿萌萌，刚才你扇了我一巴掌，从此我们两清。"齐思源用力甩开她的手。

她心里一片冰凉，冷笑一声："两清，你怎么和我两清，我们之间怎么两清，我为你付出了多少？"

"我交往的女人不知道有多少个，难道你们为我付出，我就要还给你们吗？萌萌，感情都是你情我愿的，那个时候你不也在床上喊得很开心吗？"他的话让鹿萌萌的脸色难看至极。

"而且，你要知道，我们之间只是合作关系，没有情感，你还不明白吗？"齐思源的冷漠，让鹿萌萌心头一酸，忍不住吸了吸鼻子。

"你为什么会来找悠然？我真的不知道这么多年你到底想干什么？"鹿萌萌从认识这个男人开始，就觉得他的心思深不可测，他给钱，她办事，慢慢地连同感情都卖给了眼前这个人。

那年十八岁的她身上背负着父亲的赌债，钱对她来说比任何东西都重要，她接近凌悠然是为了帮齐思源监视她的一切举动。

起初只是为了钱才去结识凌悠然，和她做好朋友，可是随着相处的时间越来越长，她发现她们两人是那么合拍。

在这座城市，她们如同两叶孤舟，最终找到对方，一起在这片海洋里寻找各自想要的希望和光。

"萌萌，起初认识你的时候，我觉得你很聪明，可是现在你问的问题太愚蠢了。"齐思源伸出右手抬起鹿萌萌的下巴，又一次露出邪恶的笑容。

"哼，齐思源，这一次我不会那么愚蠢了，我不会让你伤害悠然的。"几年前单纯的她将一切情感都倾注在齐思源的身上，哪怕是知道他们之间永远不会有结果。

"萌萌，你忘记了吗？是谁让你站到了现在的高度，我稍稍一用力，你就会摔得粉碎，那些照片、胶卷我可都好好保存着呢！"齐思源的话让她的脸色瞬间苍白，双手紧握着拳头，手心里满是汗，她抬头望着他："思源，你这些卑鄙手段，我怕是一辈子都学不会。"

"你看，我不是回来了嘛！所以，你要乖乖的，我还有很多事情等着你帮我呢！"齐思源说完潇洒地上了车。

齐思源的车在鹿萌萌的视线里越来越远，就像他们两个曾经的短暂的感情，越来越远。

鹿萌萌回到病房的时候，凌悠然正坐在病床上，两个人同时说出："你……"

"你先说吧！"凌悠然望着她有些发红的眼眶。

鹿萌萌坐在椅子上："没什么，就是过去和他有过一段感情，火气一来，打了他。"这话说出来，好像那段感情在她心里不算什么，可到底爱得多深，只有自己清楚。

"既然已经过去了，一切都重新开始了。"凌悠然安慰着她。

鹿萌萌抬头望着她："我不知道他来找你到底想做什么，但是这个人不简单，你离他越远越好。"

凌悠然微微皱着眉头，一想到刚才那个人说的话，心里就觉得沉重，他似乎真的知道她很多事情："突然觉得要远离的人越来越多了呢？"

鹿萌萌自然听懂了她的话，上个礼拜还说让她离楚慕格越远越好，现在又来了一个齐思源，她轻拍着她的肩。

"悠然，你父母都不希望你找回从前的记忆，你为什么一定要执意这么做呢？我只希望你好，我觉得现在就很好啊！"

她根本不想知道原来的凌悠然是什么样的人，过着什么样的生活，和齐思源又有什么过往。这些她通通都不想理会，她只知道现在的她们都生活得很好。

凌悠然轻轻点头，窗外的阳光照在两个姑娘的脸上，两人对视一笑。

仿佛六年前在大学的图书馆里，两人坐在同一张桌上，凌悠然一抬头便看到了鹿萌萌的双眼，两人对视一笑。

那天，落日的余晖透过窗户照得她们两人的脸微红，一切都像是命运的安排，殊不知那不过是鹿萌萌为了接近凌悠然精心策划的一次"偶遇"。

4

空旷的正厅，楚慕格摇晃着酒杯里的威士忌，脑海里都是凌悠然的影子。七年前她突然消失，现在又突然闯入他的生活，他还没有整理好思绪，不知道如何去面对。

他曾想过，这一辈子都不要再遇见她，他用所有青春深爱过的人，最后抛弃了他，是他人生不幸的导火线。他愤怒地将手中的酒杯摔在地上，拿起桌上的香烟。

他刚点燃烟，陈严便推门而入，一把夺走他手中的烟："你刚出院，抽什么烟！"

"苏木槿是我仇人的女儿，她还……你说，我要怎么去面对她。"这些年已经变得冷漠淡然的他，只有提到苏木槿的事，脸上才会露出常人的哀伤。

陈严坐下来，轻拍楚慕格的肩，他知道这其中所有的事情，在监狱里那三年，楚慕格将他和苏木槿的故事一字不落地告诉了他。他一点点看着那个十八岁少年柔和的双眼在这几年间，慢慢变得深沉、变得冷漠。

有一次楚慕格问他："你为什么会来坐牢？你不像坏人。"

他低头无奈一笑："监狱不是只有坏人才会进来的，有时候，我们不过是没有办法掌握命运的人。"

"那我们可以选择去抗衡命运，犯了错的人总要承担后果的。"那时楚慕格的眼睛里满是憎恨，对这个世界的憎恨。

"她根本不记得你，也许她真的不是苏木槿，还有，凌泽是凌泽，她是她。"他一直在想苏木槿到底是一个多么冷漠的人，让深爱着她的人替她入狱，而自己却悠然自得地过了这么多年。

"不管她是谁，凌泽都必须为他七年前犯下的错承担后果。"楚慕格紧紧攥着双手，看着桌上的一大摞照片、资料，所有东西都准备齐全了，只要他动动嘴，凌泽的下场马上就会和父亲当年一样。

陈严看着手腕上的石英表："等下有星娱赞助商的聚会，你得去露个面，走吧！"

他想让楚慕格去放松一下，这几天因为凌悠然和凌泽的事，他整个人的神经都是绷紧的，精神也不是很好。

商业圈子的聚会不是在酒吧包间，就是在私人会所，总之是灯红酒绿的生活。楚慕格进入包间的时候，放眼望去，肥头大耳的赞助商左拥右抱地搂着星娱旗下几名女星。看见楚慕格进来，赞助商先站了起来，拿着香槟向他走了过去："楚总来晚了，该罚，哈哈！"

"那是自然。"楚慕格仰头将杯中的酒一口喝完，引来包间里一片欢呼声，连续喝了几杯，包间里弥漫的酒味和烟味让他有些作呕，他示意陈严替他挡挡酒。

他走出包间，在走廊上点燃一支烟，在楼上可以看到楼下的情形。两个女人被一群人围堵在一起，楚慕格灭掉手中的烟，其中一个人是苏木槿。

他走到一楼，听见凌悠然大喊："你们给我滚开，再不滚，我手里的酒瓶子可不长眼睛。"

鹿萌萌已经醉得和摊泥一样，凌悠然一手扶着她，一手举着个酒瓶。刚才拖着鹿萌萌走的时候，不小心撞到了个人，接着就被一群人拦了下来，明显就是找碴儿的。

楚慕格从人群中走了进来，他穿着条纹衬衣，纽扣解开了两颗，露出精致的锁骨，整个人的模样显得有点儿慵懒。

"你们现在给我让开，等下可就不是砸瓶子了。"

凌悠然转身，看见了楚慕格。她突然感到安心，拖着鹿萌萌往他的身旁挪了挪。

为首的那人看楚慕格个子虽高，身材却清瘦，大笑了几声："哪来的小白脸，给我让开，今天爷爷我就是要这两个妹子陪我回家，好好给我赔罪。"露出一口发黑牙齿，让凌悠然有点儿想吐。

"哼！那也要看你有没有这个本事。"楚慕格摸摸口袋，忘记带手机下来了，他一抬头，就看见这群人围了上来，他对身后的凌悠然说，"你先走。"

凌悠然拖着鹿萌萌往后退了几步，将她放倒在一旁，那边已经打了起来。酒吧的人纷纷往两旁散去，一副看好戏的模样，服务员也被吓得退开了。楚慕格身手再好，也打不过十几个大男人。凌悠然冲了过去。

楚慕格被人攻击，向后退了一步，撞到了凌悠然，他一脸不悦："你怎么还不走，跑过来干什么？"

"我……"凌悠然还没说完，对面的人挥起酒瓶，打了过来。

楚慕格将她紧紧抱在怀中，他的声音在她耳旁响起："苏木槿，小心。"

她看着楚慕格的头部渐渐流下鲜血，他的身体从她双手里滑落下去，倒在地上："慕格，楚慕格，你别吓我啊，慕格。"

那些人见楚慕格倒了下来，心想发生大事了，再看楼上有人往这边来了，吓得撒腿就跑。

楚慕格的脸苍白得像张纸，呼吸急促，凌悠然瘫软地坐在地上，抱着他，哭着喊他的名字："慕格，楚慕格，怎么办？怎么办？慕格，楚慕格。"

楚慕格微微睁开眼睛，抬起左手摸上她的脸颊，发出微弱的声音："听见你叫我的名字，我的心好痛。"刺眼的灯光渐渐变得模糊，她的眼泪滴落在他的脸颊上，最后他只听见陈严喊他的声音。

凌悠然望着晕过去的楚慕格，不敢相信自己竟然那么轻易地就把他的名字喊了出来。她将他紧紧抱在怀里，双眼的泪水越流越多，怎么都停不下来。

5

陈严急忙赶到楚慕格的身旁，他第一次亲眼看见楚慕格口中的苏木槿，竟然是哭得这么悲凉的模样。

刚才要不是酒吧经理跑过来告诉他，他都不知道发生了这么严重的事情，他扶起楚慕格："我不管你和慕格是什么关系，现在你必须和他一起去医院。"

"鹿萌萌，怎么你也在这？"陈严看到喝得醉醺醺的鹿萌萌，他和她见过两面，知道她是齐思源的人，现在也没有闲工夫去追问她们之间的关系了。

楚慕格被送上了救护车，凌悠然和鹿萌萌坐在陈严的车上，跟在救护车的后面。一路上谁也没说话，凉风从敞开的车窗吹进来，鹿萌萌迷糊地抬起头问："悠然，我们这是去哪呢？"

"去医院，刚才出了点儿事。"她小声地说。

鹿萌萌的酒突然半醒，拉起她的手："你哪里受伤了，怎么了这是？"

"不是我，是别人。"

到了医院，鹿萌萌才知道其中的原委，她们怎么又摊上了楚慕格的事。

没过一会儿，李米恩戴着黑色鸭舌帽，赶到了医院。她忽视了一旁的凌悠然，直接走到陈严面前："慕格怎么样了？"

"还在处理伤口，应该不会有大碍。"陈严望着站在一旁的凌悠然和坐着的鹿萌萌。

李米恩皱着眉头，走了过去，扬手甩在凌悠然的脸上："你就不能离他远点儿吗？"

"李米恩，你神经病啊！你干吗打人？"鹿萌萌站在来，猛地推了一把李米恩，心疼地摸了摸凌悠然的脸，"悠然，疼吗？"

她摇摇头，低着头不敢去直视李米恩的双眼，任凭李米恩对她大吼："上一次出车祸，中度脑震荡，这一次被酒瓶直接砸在头上，那下一次呢？是什么？你害慕格害得还不够吗？"

"别吵了，你可是公众人物，非要招来记者吗？"陈严拉了拉李米恩的手，他可不想招来记者，上次李米恩的事情，封锁消息就弄得他头疼，他可不想这样的事情多来几次。

"你就是楚慕格的灾星。"

鹿萌萌走上前恶狠狠地瞪着李米恩："你才是灾星呢！胡说八道什么？"她还想骂几句，被凌悠然拉住了。

急诊室外的气氛沉重至极，直到半个小时以后，护士出来了，才打破这一僵局。护士望了望脸色都不好看的三个女生，轻声问了问："谁是苏木槿？"

凌悠然哽咽地回答："我是。"

"病人要见你。"

凌悠然缓缓向病房走去，却被李米恩抓住手腕："你明明什么都不记得了，你知道自己是谁吗？你如果承认自己是苏木槿，你要楚慕格怎么去面对你？"

"我不会的。"凌悠然进去的时候，里面还有戴着大框眼镜的主治医生，医生见她进来了，对楚慕格嘱咐了几句就离开了，房间内只剩下他们两人。

才几天工夫，这是她第二次看见楚慕格换上病号服了，哪怕是宽大的病号服，穿在他的身上，竟然也那么好看，他指了指床旁的座位："坐。"

凌悠然坐了下来，他呆呆地望着她，什么也不说。凌悠然开口："我以前是个什么样的人？"

楚慕格凝视着她："自私、冷漠、孤僻。"

"我不喜欢苏木槿，也不想成为她，如果她对你有什么亏欠，我替她还。"她的直觉告诉她，那个在梦里恨不得掐死她的少年就是眼前这个人。她原来对他做过什么，他才会这样恨她。

"凌悠然，你觉得你还得起吗？"他低声笑了起来。

"你到底想怎么样？想让我怎么还你？你告诉我。"凌悠然站起来，楚慕格的眼神有些吓人，他起身抓住她的双肩，将她禁锢在怀里。他们的距离近得可以感受到彼此的呼吸。

"苏木槿，你还得清吗？两条人命的债，你还得了吗？"楚慕格左手抵住凌悠然的下巴，他温润的唇贴向她，凌悠然"呜"的一声，想推开他，却怎么也推不动。

他那充满占有欲的吻让她变得呼吸急促，两人不自觉地都落下了泪，吻里满是咸味。

凌悠然的手肘用力撞在楚慕格的肋骨上，他吃痛地放开她，她接着推了他一把，他从床上滚落到地板上。

她双手抱在胸前，手背擦拭着眼角的泪："楚慕格，你看清楚了，我不是苏木槿，我不是。"

她是凌悠然，她有黎浅南。

楚慕格吃痛地站起来，伤口处刚刚包扎的纱布渗出鲜红色的血，她的眼神流露出恐惧和无助，一如七年前的模样。

凌悠然冲了出去，留下楚慕格一人赤脚站在冰凉的地板上。

凌悠然一路跌跌撞撞地跑出医院，不管鹿萌萌在后面怎么喊她的名字，她都没有停下来。她一边奔跑，一边回想着楚慕格刚才的话，从前的她自私、冷漠、孤僻，她欠他两条人命，到底曾经的生活是如何不堪？

凌晨的大街，已经没有多少人了，路灯下凌悠然孤独的身影被拉得很长，她抬起头，不远处齐思源站在车旁。她大步走过去："我不管我们原来是什么关系，你离我越远越好。"

"就是这种眼神，苏木槿，害怕、无助却又冷漠的眼神，让我忍不住想要保护你，同时又渴望征服你。"齐思源居高临下地望着一脸冷漠的凌悠然，伸手将她抱在怀里，"你要知道，如果你不乖，我会毁掉一切。"

凌悠然推开齐思源，向后退了几步，她深呼一口气："你到底想要干什么？"

"我想让你记起以前的事啊！记起你曾经的模样，记起我啊！"

她瘫软地坐在地上，紧闭双眼不去看这人可怕的脸庞。

她不要，她不要，她不要记起自己是苏木槿，她感到好害怕。

鹿萌萌找到凌悠然的时候，看到她一个人坐在地上。鹿萌萌扶着她上了出租车，一路上她一句话也不说。

车行驶在道路上，凌悠然反反复复地想着今天发生的一切，她觉得好累好累。

第五章

变 幻 >>

1

凌悠然推开一扇半敞的门，一群老鼠在房间里到处爬行。

一个女孩独自蹲在角落哭泣，她的双手沾满鲜血，长发遮住了她的半张脸。凌悠然向前走去，看清了她的容貌，这不就是她自己吗？

她的双手为什么会沾满鲜血？

她的哭声为什么那么痛苦、绝望？

她睁开双眼，发现自己泪流满面，梦里那个女孩才是最真实的她吗？恐惧向她袭来，她嘴里低声说："苏木槿，你到底经历过什么？是什么让你这样痛苦？"

罗玉芬听见凌悠然嘤嘤的哭声，推门而入："悠然，是不是又做噩梦了？"

"妈，我梦见我蹲在角落哭泣，双手沾满了血，在一个全是老鼠的房间里。"她双手抱膝，用害怕的眼神望着罗玉芬。

"孩子，那只是个梦，不是真的。"

"妈，梦里那个少年，我见到他了，我好像伤害了他。我的双手都是鲜血，妈，苏木槿是一个什么样的人，她到底经历了什么？他说我欠他两条人命，我是不是杀过人，妈？是不是……"凌悠然抱住自己的头，声音颤抖，"如果梦都是真的，我怎么能心安理得地过着凌悠然的生活，你们怎么能让我这样活着。我好害怕自己记起来，记起来以后，我就是丑陋的苏木槿了。"她一直重复着最后一句："我就是丑陋的苏木槿了。"

罗玉芬低头抽泣："悠然，不是的，我们家悠然怎么会杀过人，你不是苏木槿，不是她，不是的。"

"妈，现在的我就像处在沼泽里，他们都想让我陷进去，可是我想爬出来。我要怎么办？妈，那个苏木槿到底在哪里，她在哪里？"她几乎是撕心裂肺地喊出来，那个梦仿佛说明一切都是真的。她开始害怕想起那些过去，原来想恢复记忆的冲动慢慢地变成了恐惧。

罗玉芬十分心疼女儿。她知道，迟早有一天，女儿会记起一切，她会怪父母把她弄丢，在那样的环境里生活了十几年。

凌泽听见女儿嘶喊的声音，走了进来，一巴掌打在女儿的脸上。罗玉芬一把推开丈夫："你疯了，她都这么难受了，你还打她。"

"我就是要打醒她，凌悠然，你给我听好了，你就是我女儿凌悠然，和那个苏木槿没有关系。"凌泽愤怒地指着女儿。

她抬头望着父亲，一言不发，眼角的泪流入口中，满口苦涩的味道。

凌泽的手臂慢慢垂了下去，沉默良久，终于开口说："过去的都过去了，威胁我们的人都会消失，爸会好好保护你的。"

凌泽严肃的表情，他眼里闪现的恨意，让她一时之间竟有些害怕。直到父亲离开房间，她才开口问："妈，我爸那句'威胁我们的人都会消失'是什么意思？谁威胁过我们？"

"没有谁威胁过我们，你爸都是瞎说的。"罗玉芬只要撒谎，眼睛就会看向地面，她将母亲的动作看在眼里。

她裹了裹床上的被子："妈，我想自己待会儿。"

此刻的她怕那个梦是真的，怕楚慕格说的那两条人命是真的，怕这一切父亲也参与过。

罗玉芬从房间里走出来，看见地上有烟头，桌上放着两罐啤酒。凌泽抬头，眼里满是疲倦："悠然怎么样了？"

"她想自己待会儿。"

"我一定不会放过那些人，谁也不能伤害我女儿。"凌泽捏紧喝空的啤酒罐，面部表情扭曲。

罗玉芬听了他的话，心猛地跳了一下，她拉过凌泽的手："阿泽，你又想要干什么啊！七年前，那个孩子是无辜的，他替我们悠然背了一条人命啊！他爸爸更没有错啊，不是因为我们的话，那孩子怎么会一个亲人都没有。"

七年前，楚慕格的父亲楚豪，知道了苏木槿的真实身份。他为了儿子去找凌泽，请他动用自己所有的关系将儿子从监狱里放出来。楚豪知道所有事情的原委，没有哪个父母会希望自己的孩子去为别人坐牢。楚豪威胁凌泽，如果他不帮儿子洗清罪名，让苏木槿为自己犯下的罪行承担后果，他就要把苏木槿才是杀人犯的事实公布于众。

与其将一个知道自己女儿过去的人放出来，不如让所有知道的人都不能说出来。凌泽给楚豪扣上涉嫌洗钱的罪名。但事情的发展超出了他的控制。那时楚豪正在高速公路上开车，警察以为他要潜逃，就上路追捕，在追捕过程中，楚豪发生车祸，意外身亡。

凌泽竟感到小小的庆幸，这个世界上又少了一个知道凌悠然过去的人。

2

凌悠然看见黎浅南拖着黑色的行李箱从机场走了出来，黎浅南露出温暖的笑容，张开双臂。她小跑几步，靠在可以让她安心的怀里："浅南。"

黎浅南双手抱住她的腰："怎么了，悠然？"

她抬起头："黎浅南，我从来没有这样想过你。"她不带任何娇羞，像宣布一件事情一样对他说。

黎浅南抚摩着她的头，两人的鼻尖轻触："傻瓜。"他低头吻上她的唇，两人紧紧拥抱着，唇齿相触。

她的脑海里突然出现她和楚慕格这样紧紧相拥亲吻的画面，她失神地推开黎浅南，向后退了几步。

"悠然。"黎浅南轻声唤她的名字。

是啊！她是凌悠然，不是苏木槿。她回过神来笑着搂过他的胳膊："我们去逛街！我好久没去了。"

"嗯，好。在美国都没时间给我妈挑生日礼物，正好给她买礼物，还有我们悠然也要买。"她紧紧地抓着他的胳膊，害怕他的温柔随时会消失，现在的美好真的属于她吗？真的会一直存在吗？

商场内，展示柜里是琳琅满目的商品，黎浅南看得出凌悠然心不在焉，他握紧她的双手："我们去买情侣装吧！"还没等她回应，他已经牵着她的手往店里走去了。

店里的人倒是很多，黎浅南的兴致很高，拉着凌悠然又是试情侣装，又是要挑情侣帽的，还要把手机壳也换成情侣手机壳。

最后决定权在凌悠然手上，挑了两件印花长 T 恤，一件酒红色，一件黑色。

"我们是这个世界上穿情侣装最好看的情侣。"凌悠然刚出店门，身后的一对小情侣，男生对女生说了这句话，让她忍不住回头看。

这句话在她耳中竟那么熟悉，是谁对她说过这句话呢？楚慕格吗？或许是吧！她低头笑了笑，搂住黎浅南的手臂："我们去给伯母挑礼物吧！"

黎浅南点点头，最后买了件旗袍，凌悠然挑选了一枚胸针，正好可以配上这件旗袍。说是等生日那天她要亲自送给伯母，黎浅南低头在她耳边轻语："真是未来好媳妇啊！我妈肯定喜欢。"

她眨眨眼睛："那是。"

两人闲逛时，迎面遇见了杨梦迪和她的朋友。

"是黎浅南啊，好久不见啊！"一头金发的女子是杨梦迪的朋友，和黎浅南热情地打着招呼。

"悠然，这是以前在美国的朋友，苏丽。"黎浅南只介绍了苏丽，转头对苏丽介绍道，"这是我未婚妻，凌悠然。"

杨梦迪挽着苏丽的手，和黎浅南对视一笑，任谁看了都知道关系不浅。

苏丽讪讪说："浅南啊，总归要越找越好呀！您身边这位可比原来那位差多了啊！"

"我觉得好，就够了。"黎浅南试图牵起凌悠然的手，却被她躲开了。

场面有些尴尬，黎浅南再一次搂过她的肩，不给她任何机会躲开。

"凌悠然还和小姑娘一样，吃醋了呢！"杨梦迪拉着苏丽的手从她身边走了过去。

苏丽对着黎浅南大喊："浅南，下次请我吃饭。"

"好！"他低声答应，看到那两个女人走开后，他才松开她。

"你和她共事那么久，以她的性格肯定告诉过你她和我之间的事了，她的感情，我从未放在心上。"黎浅南说任何话时，都是这么平静，哪怕在现任面前提起前任。

黎浅南脸上的平静让凌悠然很不爽，她顺口将心里的话带了出来："你早就知道她和我在一起上班了，还真是了解她啊！"

"悠然，不要闹情绪，我和她早就没什么了。"

她心底暗想，没什么你知道她回国了，没什么你知道我们在一起上班，没什么你还做什么解释。

"就因为你，她可没少针对我。"她现在就是撒气，将杨梦迪针对她的那些事情算在了黎浅南的头上。

"她不过是孩子气的性格而已，喜欢说一些别人不爱听的话，她其实挺单纯的，没什么坏心。你好好和她相处，也没什么的，再说了，你们又不是一个部门，有些东西也没必要牵扯在一块。"

黎浅南平静地说了一长串话，听得她耳朵生疼。

杨梦迪是单纯的孩子，要和她好好相处，难道她凌悠然就是个斤斤计较、内心不安分的人吗？是这样的意思吗？

"我送你回去吧！你别多想。"他拉着她的手，向前走。

她狠狠地用高跟鞋踩了他一脚，挣开他的手，赌气地独自小跑离开了。

黎浅南并没有生气，反而摇头笑了笑，在他眼里凌悠然吃醋的样子最是可爱了。一场好好的约会，就这样不欢而散。

凌悠然坐在地铁上，越想杨梦迪和黎浅南的事情就越不舒服。这段时间，她经历的，让她害怕，让她恐惧，她一听到他要回来的消息，早早在机场等他。

她只想要黎浅南给她一点儿温暖，他却给了她莫名的心酸。

3

楚慕格翻阅着手中的资料，凌泽这个人，真是一点儿漏洞都没有，几十年来，廉洁奉公，真是一位好警察呢！不过，既然凌泽能栽赃别人，他当然也能找到办法，以同样的方式回馈。

办公室的门被打开，楚慕格抬眼一望，齐思源走了进来，轻笑一声："楚总这伤还没好呢？是为了救苏木槿弄的吧？啧啧！真是情深啊，都过去七年了，还一直为她着想呢！可惜啊，别人已经另有新欢了。"

他平静地说："这些话对我而言，没用的。"

齐思源脱下西装，搭在椅子上，不客气地坐下来："楚慕格，没我的话，你有今天吗？现在的一切如你所愿，复仇之路还顺利吧，不顺利的话我可以帮你的忙。"

"打开天窗说亮话吧！"楚慕格停下手中的事，他和齐思源现在无论多疏远，但依然对对方了如指掌。

"项目我已经呈交给我爸了，也通过了，过几天就是黎浅南母亲的生日了，那天我们两个可要好好合作。"齐思源单手撑在茶几上，脸上露出的笑容和他内心的情绪一样复杂。

"你就恨你爸恨到这种地步，巴不得他身败名裂？"楚慕格对齐思源的父亲并不是很熟，他那时只知道齐思源家在那个三线城市里算是有钱有势的，母亲是县委书记的女儿，父亲是在大城市里开公司的，极少回家，一年才回一次。

齐思源摊手："我们各取所需，互不相干，唯一相干的就只有苏木槿。"他特别喜欢看楚慕格因为苏木槿露出的那种想杀人的眼神，那种眼神让他有一种快感。

　　"她除了我能动，谁都不能动。"

　　"那你就应该让她恢复记忆，变回苏木瑾啊！没有朋友，被人孤立，被自己父亲骚扰，每天都活在恐惧中。直到杀了自己的父亲，还让自己爱的人为自己坐牢，背负杀人的罪名。"听完他的话，楚慕格并没有任何过激的行为，齐思源心里的得意瞬间消失。

　　"齐思源，你母亲不也因为你那愚蠢的做法跳楼自杀了吗？"楚慕格的这一把盐正好撒在齐思源一直未愈合的伤口上。他们早已不再是当年那对形影不离的伙伴了，而是各自手握利刃，等到机会便给对方致命的一刀。

　　齐思源坐上电梯，直接到了地下一层。他迅速走到自己的车前，开门钻进驾驶室，点燃手中的香烟，猛地吸了一口，发抖的手指有些夹不稳烟，母亲那件事情只有他和楚慕格知道。

　　十六岁那年暑假，他带着楚慕格去查自己的父亲，租了车从那个小城市一直尾随父亲来到父亲所在的城市。他发现父亲不是一个人在这个城市生活，有一个女人陪着他下楼，还有一个比他大好几岁的男生叫他爸爸，他用颤抖的手拍下那一张张刺眼的照片。那些照片里的父亲，带着满满的笑容，是他从没见过的笑容。他知道，父亲出轨了，他追寻着婚姻以外的幸福。

　　那时他和楚慕格的关系很好很好，他们是好兄弟，无话不说的好朋友。

　　他告诉楚慕格这件事情一定要保密，还让楚慕格将照片藏了起来。

　　后来，照片出现在了母亲的手里，他以为是楚慕格将照片泄露了出去，他们的关系因为这件事决裂。

楚慕格到现在还以为他们关系变淡，是因为苏木槿的事，他并不知道齐思源的母亲是因为照片跳楼的。他一直以为是齐思源自己把一切告诉了母亲，所以才发生了那么悲哀的结局。

记忆从齐思源的脑海中跳出来，他记得隔天，父亲回来了，家里一顿大吵。他听得很清楚，父亲告诉母亲，他不爱她，当时结婚只是因为他的事业，他需要母亲的帮助，需要外公的帮助。

当天夜里，母亲当着他的面从十七楼跳了下去，没有任何不舍。从此，他在那个城市变得孤独，他深知他和苏木槿一样孤独。

他到后来才知道照片不是楚慕格泄露的，泄露的另有他人，他愚蠢的做法，将他那个本不美好的家变得支离破碎。

那是三月雨季，母亲葬礼上，苏木槿穿着一身黑色连衣裙，在遗像前站了良久，将手里抱着的白菊放上，深深鞠躬。

她直起身，转头对他说："如果你觉得孤独、害怕，你应该随着你父亲离开这里。"她的语气还是如同平常一样冷漠，没有任何暖意。

楚慕格轻轻拍着他的背，他用力将他的手从自己身上拿开，指责地说："楚慕格，我妈这件事，你也有份。"

那时楚慕格一脸懵然，齐思源眼里的冷漠和恨意看得他全身打战，从那之后，他们两人不再一起吃饭、一起踢足球、一起打游戏。

"对不起。"苏木槿向齐思源道歉，将楚慕格拉出了灵堂。

他以为，她的那句道歉是为楚慕格说的，后来才知道是为她自己说的。

迟来的父亲走进灵堂时，他死死攥着父亲的衣袖，大吼："你不能给我妈鞠躬，不可以！"

母亲不会接受一个欺骗了她十六年感情的骗子，他们每日每夜等他回来，等来的不过是背叛。

旁人拉着情绪不稳的他，他望着父亲冷静的脸："怎么跳下去的不是你？"

父亲气急，一巴掌甩在他脸上，他的嘴角有殷红的血丝渗出，眼眸尽是浓浓的恨意。

他摔着灵堂内的东西——果盘、烛台，对父亲大吼："滚，你出去，你滚……"

父亲被气得当场晕了过去，众人大喊："快点打 120，有人晕过去了。"

他冷漠地站在一旁，看着救护车将父亲送走，看着原本好好的灵堂，被自己弄得乱七八糟。

眼角变得湿润，他不知道自己是不是哭了，从那天起，他觉得自己病了，生了很重的病。

4

四月的阴雨天已经过去了，整个下旬迎来了暖阳。楚慕格安静地开着车。李米恩坐在副驾驶的位置上，望着前方这条陌生的回家之路，她缓缓开口："慕格，我好紧张。"

楚慕格抬眼望着她，给她一个浅笑，将她的手紧紧握住："他们一直都在家里等着你，不要害怕，有我呢！"

"我们回来了。"李米恩打开车窗，冲着外面大喊，高速公路上还有车主伸头望了她几眼，楚慕格的那句"有我呢"给了她最大的安心。

几个小时的车程下来，指示牌上的那两个字映入他们的眼里——

"阜城"。这个小城市承载了许多人年少的回忆，美好的、痛苦的，都已经逝去，而现在他们正站在这片土地之上。

唯一将这座城市的一切遗忘的人，只有苏木槿。

楚慕格手中捧着一簇白菊，站在父亲的墓碑前，李米恩站在他的身边，同他一起注视着墓碑上的名字——"楚豪"。

这个名字在楚慕格入狱一个月还不到的时间里，就突然消失在了他的世界里。父亲因为涉嫌洗钱，在逃跑时意外身亡，死无对证，没有人再去调查洗钱的事情是否属实。

父亲也和自己一样，成了一个罪犯，而世人最不能容忍的就是他人犯罪。世上绝大部分的人并不在乎事情真相到底如何，他们在乎的是这件事情到底有没有人负责。

那时监狱里的孤独，是楚慕格从未体验过的，他知道自己要变得强大，要把陷害父亲的凶手找出来，要让苏木槿后悔。少年的成长就是在那时开始的，将自己残缺的心变得刀枪不入。

李米恩抬头望着楚慕格，一滴眼泪从他的眼角流下来，这几年一直陪着他、最了解他的人，是她，不是苏木槿。

"爸，原谅我几年没有回来看您了，我已经找到了当年陷害您的人了，我会为您报仇的。"楚慕格将那一簇白菊放在墓碑前，"米恩，我送你回去吧！"

"嗯！好。"李米恩点头，四年了，父母有没有老去，是否还住在那个陈旧的小区，她床头的仙人掌是不是还好好活着？

她站在楼下，抬头看着四楼阳台上盛开的绿萝，她一眼就认出了阳台衣架上挂着的红色绣花披肩，那是她十七岁时送给母亲的生日礼物。

"去吧！有事情打我电话。"他是羡慕她的，至少阜城还有人等她回来，而他，没有任何人等他回来了。

李米恩点点头，踏进破旧的楼道，一步一步向上走，每上一个台阶，心里都默默数着，一共六十个台阶，走完第六十个就到了自己的家门口。她伸手去按门铃，刚要碰到门铃，又缩了回来，这样来来回回好几次，她才下定决心按了下去。

房里传来她怀念的声音："谁啊？"大门打开那一刻，她与母亲面对面望着对方，两人都迟迟不开口说话。

门突然被母亲用力地关上，她眼里的泪忍不住流了下来，母亲不愿见她吗？正当她绝望地想离开时，门再次被打开，母亲双眼泛红，双手摸上她的脸颊，哭泣着："真的是米恩啊！我们家米恩回来了，我都不敢相信是你回来了。"

"嗯，回来了，回来了。"李米恩使劲地点着头，像个孩子一样扑在母亲怀里哭着。

"你都不要这个家了，还回来做什么？"李米恩还未发泄完情绪，头上响起父亲的话，她低着头，不敢去看父亲。

母亲拉着她的手往里走，一会儿哭，一会儿笑的，从冰箱拿出吃的，摆在她的面前："别理你爸，回来就好，回来就好。"

"爸，对不起，当年是我不懂事，对不起。"李米恩擦拭着眼角的泪，以前她从未觉得父母的陪伴有多重要，长大后，她才明白这两人对自己有多么重要。

父母终究是父母，对儿女哪会有什么怨恨，李米恩的话，让刚才语气还很生硬的父亲立马软了下来："你知道你不懂事啊！就因为你哥的事我们错怪了你，就因为那个男的要离开这里，你就没有牵挂地走了，害得你妈每天以泪洗面，天天责怪自己。"

李米恩抬头，这才仔细看了看母亲的模样。母亲眼角已经爬满了皱纹，两鬓都有了白发，真的老了太多，她心疼地握住母亲的双手："对不起，妈。"

"现在，你和那个男孩子怎么样了？"母亲小心翼翼地问着，当年的事情在阜城闹得沸沸扬扬，这么个小城市几时出过杀人的事件，凶手还是个十七八岁的孩子。

李米恩紧握着手中的杯子，感受茶水传来的温度，她笑笑："挺好的，我们现在特别幸福。"

"就因为那件事情，整个苏家算是完了，苏校长也是个可怜的人。"父亲的语气带着惋惜，他曾是苏校长的学生，对于这件事自然是比别人更难过。

"爸，苏校长她还好吗？"李米恩对苏校长的印象就是严肃冷漠，苏木槿的那种冷漠还真是像极了她，两人明明是祖孙关系，在学校里却如同陌生人一样。

"七年前儿子突然被人意外杀害，孙女又失踪了，整个苏宅就剩她一个孤寡老人，后来她又身患重疾，下不了地。"李米恩看到父亲眼角闪过的泪花，人总能因为他人的不幸而联想到自己的不幸。

她一直就不喜欢苏木槿，甚至还联合其他同学孤立过她，可她从来没想过，苏木槿的离去会给苏家造成这么大的打击。

如果当年她不告诉苏容笙，楚慕格要在荒废的礼堂给苏木槿过生日，两个人还想逃离这个城市，逃离他的魔爪，是不是苏容笙就不会去找苏木槿了？苏木槿是不是就不会杀了他？是不是楚慕格也不会入狱？是不是后面的一切都不会发生了？

那个时候才十七八岁的他们，还在青涩之年，根本阻止不了自己内心的冲动。

她也曾觉得苏容笙对苏木槿的那种想法，是那么污秽不堪，她也同情过苏木槿。可那件事情，她不仅告诉了苏容笙，还告诉了齐思源，她希望全世界的人都可以帮她一起毁掉楚慕格和苏木槿的幸福，她那时巴不得苏木槿永远在那个黑暗的角落里生活，永远都没有光明。

她讨厌那么不好的苏木槿拥有那么好的楚慕格。

可是当她意识到错误时，并没有勇气承认错误，因为她内心始终是害怕的，害怕自己丑陋的一面会被人揭穿。

"爸，晚上我就要回去了，还要赶通告，你们自己在家要多注意身体。"李米恩不想再回想过去，她对这个城市的留恋只有父母，别无其他。

母亲拉着她的手，点头笑着说："我知道，明星都很忙，那以后还会回来吗？"母亲还是害怕她走，怕走了又不回来了。

"回来，我答应你们，以后我每个月回来一次，我已经长大了，现在换我来陪你们了。"她扑进母亲的怀抱里，年少时，她那么任性，而现在，她再也不想任性了，她想好好陪着楚慕格，想好好陪着父母。

有人长大是在一夜之间，比如楚慕格；有人长大是在经历了某件事情之后，比如苏木槿；有人长大需要时间缓缓累积，比如李米恩；而有人不想尝试去长大，那就是齐思源。

5

人最害怕的便是回忆了，楚慕格呆呆地在明扬中学门口站了许久，门卫大叔小跑出来问："先生，是在等学生吗？可今天是周末。"

"没有，很多年没回来了，想来看看，可以进去吗？"

门卫一听是原来的学生，便笑盈盈地开了门。

学校里陈旧的大楼早已经翻新了，煤渣铺的跑道已经修成水泥道了，打篮球的地方变成了一片好大的草地，食堂也迁到了操场的另一边。他还记得，在他自报家门后的第二个星期一，李米恩便带着一票女生来学校门口找他，使他在明扬名噪一时。

"嘿，楚慕格！"李米恩的模样和他前两天见她的时候完全不一样，她穿着细格子连衣裙，爆炸头变成了齐肩向内扣的短发，差点儿让他没认出来。

他盯着她看了许久，直到她走到自己的面前，他才反应过来："你干吗啊！带这么多人来，被同学看到了多不好。"

李米恩低头笑了笑："那下次，我一个人来找你。"

楚慕格见校门口聚集的同学越来越多，投来的目光也越来越奇怪，便拉着李米恩的手腕赶快走了出去："你来找我干吗？还有，你没有再找苏木槿的麻烦吧？"

李米恩气愤地甩开楚慕格的手，刚刚她还有点儿小庆幸，一听他嘴里人的名字，她不爽地回答："你为什么那么在乎那个独孤女，她有什么好的，又闷又不好玩，我们学校没一个人理她。"

"什么在乎不在乎的，我就是问问。"

"以后不要问我她的事，我们去玩吧！"

"我今天有点儿事，不行呢，你哪个学校的，下次我去找你。"楚慕格暗自打着心里的小算盘，知道她是哪个学校的，就等于知道苏木槿是哪个学校的了。

"阜城市一高的附属中学，你答应我的，记得来找我。"李米恩高兴得像个孩子一样手舞足蹈。

"慕格，一起回去吗？"楚慕格一回头，原来是齐思源，他坐在车后，摇下车窗一脸坏笑地看着他。

他咧嘴大笑："那个，我先回去了，下次见。"说完，他就上了那辆轿车，扬尘而去。

李米恩踢着地上的石子，不悦地说："你都还没问我叫什么，怎么来找我。"

车里，齐思源搂住楚慕格的脖子："老实交代，那么多妹子找你干吗的？"

"哎呀！我也不知道别人会来找我，而且，我和那些人真的一点儿关系都没有。"

楚慕格说完，齐思源一副不相信的模样，戳了戳他的大臂："慕格，你这是桃花要来啦！哈哈……"

"哎，你别挠我呀，我说的是真的啊！哈哈……"

那时候，齐思源还没有遇见苏木槿，也没有发现父亲出轨的事情，他们之间的关系，很是亲密。

第二天，楚慕格以生病的理由请了半天假，骑自行车到市附一中，在校门口等着。他心里一直默念着，要等到苏木槿，千万不要等到那个女生。大概是老天听见了他内心的声音，下课的铃声响过没多久，苏木槿就出现在他的视线里。

"苏木槿。"楚慕格推着自行车走上前，停在苏木槿的身边。

她露出吃惊的眼神，语气冷漠生硬："你怎么会来找我？"

"苏木槿，你记性怎么这么差，我可是你的债主啊！"楚慕格不管对面的人是何种态度，他只管露出明朗的笑容。

苏木槿仓皇地低头，看着自己白色的跑鞋："我没带那么多钱，我下次还你吧！"

楚慕格单手扶住她的肩："那我不要你还钱了，你陪我去玩，好不？"

她抬头，看见他像暖阳一样的笑容，她的身高只到他的肩，他随便一伸手就搂住了她的脖子，亲昵地说："哎呀，走吧！我带你去吃好吃的。"

他们之间的关系像是认识了很久的老朋友，哪里像是只见了一面的陌生人。

她坐在自行车后，双手抓住楚慕格的衣角，她很喜欢微风拂过脸庞的感觉。她讨厌回到家里就面对父亲严肃的脸、奶奶的冷漠，还有各种补习老师。

"苏木槿，你搂着我的腰，小心等下摔下去咯！"楚慕格的话刚说完，路上的一个坑让苏木槿差点儿向后倒去，为了稳住身子，她双手搂上他的腰。两颗春天的种子在少男少女的体内发芽。

一条拥挤的小街，楚慕格拉着苏木槿的手穿梭在人群里，苏木槿舔着手里快要融化的冰激凌。

楚慕格指着她的脸大笑，见她一脸呆滞的模样，他拿出纸巾，擦拭着她的嘴角："苏木槿，你吃得好像个小花猫，脏死了。"

"谢谢你，楚慕格，我第一次来这样的地方。"苏木槿乖乖地站在原地，任凭楚慕格为她擦拭嘴角。

"第一次，那你平常都在哪里玩？"楚慕格有点儿不敢置信，这条街是聚集了各类小吃的地方。连齐思源那种大少爷都很喜欢来这里，不仅好吃的多，好玩的也多，是阜城最热闹的地方了。

"嗯，上各类的补习课，在家里待着。"苏木槿浅笑，她就像困在笼里的鸟儿一样，她很想去外面的世界看看，却没有人为她打开笼子的门。

"那以后你想去哪里，我都陪你去。"

"我想去春天的大西北，去夏天的西海岸，去秋天的内蒙古，去冬天的莫斯科，然后拍下好多好多美景。"苏木槿大声地在人群里喊着，她知道只有那一个人会回应她。

"好，以后我都陪你去。"

后来，苏木槿将这些地方都去了，而楚慕格不在她的身边，因为凌悠然已然不记得这些约定了。只是她的内心一直渴望着去这些地方，一种力量引领着她前去。

四月的天，河边的木槿灌丛开满了木槿花，楚慕格和苏木槿吃完东西后，便来到不远处的河边散步。苏木槿的话是极少的，一直沉默地跟在楚慕格的身后走着。

"哎！苏木槿，你干吗老走我后面。"楚慕格转身，苏木槿没有听见他的声音，一直往前走着。他伸手拉住她的手腕，走在她的身后，"木槿，我在你身后，你不要乱走。"

"嗯，我不乱走。"苏木槿轻轻点头，她竟然因为他的话，嘴角露出羞涩的笑容，不过没几秒钟，她推开了他，"我想回去了，我还要回家做中考试题呢！"

楚慕格软磨硬泡地要送她回去，苏木槿根本没办法拒绝，出租车里，她一路都不说话，内心只是担心父亲看到了该怎么办，心里暗自祈祷，最好他不在家。

"苏木槿，你要考哪个高中，我们考一个学校吧！"楚慕格一看她，就知道她是个学霸，无论考哪一个高中对她都不是难题，而他只想和她上同一所学校。

苏木槿说话时，永远不会去看对方的眼睛，她的视线总是偏向别处，总给人一种很疏远的感觉。而那时的楚慕格如同夏日暖阳一般，将苏木槿所有的冷漠都融化了。

"我会直接升一中，那你呢？"苏木槿转过头望着楚慕格，凝视着他的笑容，她长这么大，第一次想去知道别人的内心在想什么，想知道眼前这个男孩会不会想和她上同一所学校。

"我当然要和你在一起啊，你得靠我这个哥们罩着啊！"

她低头一笑："那你可要好好加油了，一中很难考的。"

楚慕格推了推她的胳膊："喂，你笑起来很好看的，要多笑。"他看向窗外，感受车子行驶的速度，不再说话，苏木槿一直望着他的后脑勺，直到出租车停了下来，她才将目光移开。

苏木槿先下车，接着楚慕格才下车，他一下车就看见苏木槿呆呆地站在原地，抬头望着二楼的阳台，他随着她的目光望去。阳台上那人双手环抱在胸前，穿着黑色的衬衣，双眼注视着他们，他低头问苏木槿："那是谁？"

"我爸。"苏木槿没有任何感情地回答，等他再往阳台上看的时候，那人已经不见了，随即那人从庭院的大门走了出来。

楚慕格从未见过那么吓人的目光，那人没有自己父亲慈祥的笑容，挺拔的身躯站在他的面前，那人拉过苏木槿的手，将她瘦弱的身体禁锢在怀里，用低沉的声音问他："你怎么会和小槿在一起？"

他小声问候："叔叔，您好，我是木槿的朋友，今天我们补习有点儿晚了，所以我送她回来。"他知道眼前这个人不乐意他和苏木槿出去玩。

"我们家小瑾没有朋友，下次不要在一起补习了。"

楚慕格能感受到苏木槿在那人的怀里是颤抖的，她不敢说一句话，甚至都不敢大声呼吸，那人连正眼都不再看他一眼，拉着苏木槿便回去了。

那时他只是单纯地以为这是一位非常严格的父亲，到后来接触苏容笙次数多了，他慢慢从那个人的眼里看到一个父亲对女儿不该有的爱恋、占有欲。

那时他才明白苏木槿为什么天性冷漠，为什么总喜欢拒人于千里之外，年少的他开始保护苏木槿，开始慢慢打开她的心扉。然而，在他想带着苏木槿远离这个恶魔的世界时，苏木槿却成了恶魔，远离了他。

第六章

背 负 >>

1

　　凌悠然最近总在半夜里惊醒，除了白天在工作室上班的时候能打得起精神，一到晚上她就昏昏沉沉的。

　　傍晚迷迷糊糊地睡着，她突然觉得口干舌燥，打开房门想去客厅倒一杯温水。她打开灯，家里安静得吓人，父母房间的门也是敞开的，却没有人睡在床上。

　　她拨通母亲的电话，手机传来声音："您好，您拨打的电话暂时无人接听，请稍后再拨。"她紧张得手心冒虚汗，只好拨电话给黎浅南："浅南，我爸妈不在家，电话也打不通。"

　　"悠然，你等着我，我来接你，凌叔这边出了一点儿事。"电话那头，黎浅南简单地说。

　　她挂掉电话，一种不安的感觉向她袭来。她迅速穿好衣服，头发顺手扎了个马尾辫，握着手机坐在沙发上，等着黎浅南。

敲门声响起，凌悠然打开门，扑进黎浅南的怀里："到底怎么回事，我爸在哪里？"

黎浅南轻轻拍着她的背："没事，出了一点儿小事，我现在带你过去。"

凌悠然到医院的时候，罗玉芬正坐在手术室门外的长椅上，睡衣上搭着一件米色的披肩。几名穿着制服的警察在不远处站着，她走到长椅旁，蹲下来握住母亲的手："妈，怎么了这是？"

"悠然，你怎么来了？"罗玉芬脸色苍白，望着还在亮着红灯的手术室，"我刚准备睡觉的时候，接到了你爸出事的消息，我就立马打了电话给浅南。你爸现在还在手术室里。"

"妈，我爸都进医院了，您居然还让我在家里睡觉，不告诉我。"凌悠然看着无奈的黎浅南，自己的父亲出了这么大的事情，她竟然还在床上睡着，浑然不知。

"悠然，你别怪浅南，是我不让他告诉你的。"罗玉芬低头轻叹一口气。

凌悠然看着站在旁边的警察，知道事情没那么简单："妈，这些警察怎么回事？爸怎么躺到手术室去了？"

"悠然，别问了，待会儿我再告诉你。"黎浅南扶起她，将她环抱在怀里，直到手术室外的红灯灭掉。

主治医生走了出来，对罗玉芬说："病人脱离危险了，是情绪波动太大导致心脏病突发。现在，病人情绪不能受太大的影响，要好好静养。"

看到父亲被推出来，凌悠然小跑上去，一旁的警察也走上前："凌小姐，现在有人举报凌先生接受他人贿赂，我们要对他进行监管，家属不方便探视。"

"你们胡说什么？怎么可能！你们让开，我要陪着我爸，你们不要说没有证据的事。"她不顾警察的劝阻，死死地拽住父亲的手，父亲一早去上班的时候还是笑脸盈盈，而现在却在昏迷中。

"一切还在调查中，请凌小姐配合我们警方工作。"

凌悠然不相信地摇头，指着警察："你们不要乱冤枉人，我爸才不会做那样的事。"

"悠然，你先放手，这些事情要调查清楚才知道结果。"黎浅南语气轻柔，"有我在，你别怕。"

凌悠然这才缓缓松开父亲的手，看着警察将父亲推入病房。

"这到底怎么回事？"凌悠然大吼，双手捂住自己的脸，早上还是好好的，一夜之间发生了这么大的事，让她怎么相信，怎么去平复自己内心的波动。

黎浅南慢慢地将事情的原委告诉她。反贪局接到举报，对凌泽进行审查，发现他在瑞士、日本的两个账户有高达五千万元的资产。证据确凿，于昨天下午六点实施抓捕，在抓捕行动中，凌泽突发心脏病，接着就来了医院。

"五千万，五千万……"凌悠然知道五千万不是小数目，她不相信那么正直的父亲会收受巨额贿赂。

"浅南，如果这个事情是真的，最终结果会是什么？"她一时之间，只想知道结果是什么。

"如果是真的，十年以上有期徒刑或者无期徒刑，严重的话可能会判死刑，叔叔身为刑警队大队长，知法犯法，情况很不妙。"

罗玉芬怎么也接受不了这样的结果，她抓着女儿的手："悠然啊，你爸一定是被陷害的，他怎么会做这样的事情，几十年来，他都是勤勤恳恳地做事啊！"

"我也相信爸，他一定是被陷害的。"凌悠然将母亲抱在怀里。

黎浅南留在医院解决后面的事情，凌悠然打车将情绪不稳定的母亲送回家。出租车上，罗玉芬一直低声哭泣，嘴里念着："这就是报应啊，报应。"

到家的时候，天色已经开始微微亮了，凌悠然给母亲吃了安眠药，只有这样，她才能安心入睡。凌悠然一个人站在客厅的窗户前，望着远处微微泛白的天边，她现在唯一能想到要害她父亲的人，就只有他了。

她一直在等，等天再亮一点儿，等太阳出来，她除了等没有别的办法了。客厅墙上的时钟到了早上八点，她拿起手机拨通了名片上的电话。

"喂？"电话那头慵懒的声音。

"齐思源，你在哪里？我爸的事情是你做的吧？"

电话那头的人笑了起来："我在日本度假，你爸这会儿应该快进监狱了吧？"

"齐思源，我不会放过你的。"凌悠然低吼道，将手机紧紧握在手里。

齐思源看到身旁的女人还在熟睡，低声笑道："你不放过的人应该是楚慕格，这件事情跟我一点儿关系都没有。"

他说完，立马就把电话挂了，手指轻轻拂过女人的背，俯身在她的背后轻轻一吻："萌萌，有好戏要看了呢！"

听到电话里传来"嘟嘟嘟"的声音，凌悠然愤怒地将手机摔在地上。她双手抓着自己的头发，脑海中浮现出年少时楚慕格对她笑的模样。她失控地大吼："楚慕格，楚慕格，又是楚慕格，怎么又是你？"

2

凌悠然根本就不知道怎么去联系楚慕格，也无法得知任何关于父亲的消息。

黎浅南轻抚她的头："悠然，吃一点儿吧！"

她抬起头，双眼布满血丝，他知道她已经两天没有好好休息过了，他拉过她瘦削的手臂："悠然，还有我呢！"

她点点头，吃着碗里的食物，却咀嚼不出任何滋味，还没吃几口，齐思源的名字出现在手机屏幕上。

"你在哪？我知道你在找楚慕格，我带你去找他啊！"

"市医院正门口。"她直接挂掉电话，抿嘴笑笑，"是萌萌回来了，我待会儿出去一下。"

她原来什么事情都会和黎浅南说，而现在她为什么会对他撒谎？心虚、害怕、担忧，她自己也说不清，也许更多的是怕他心里那个美好的凌悠然轰然崩塌。

"好。"黎浅南点头。

坐上齐思源的车后，凌悠然开口说的第一句话是："齐思源，我想苏木槿应该看见你就觉得恶心吧！"

车开得太快，将窗外的树木拉成了长影，车里的音乐有些悲凉。

有些人得不到就会祝福，有些人得不到就想毁灭。齐思源属于后者，从他遇见苏木槿的时候开始，他就想将她占为己有。为了她，他丝毫不顾他和楚慕格之间的友谊。

他讨厌楚慕格知道他的秘密，讨厌对所有人都冷漠的苏木槿唯独对楚慕格格外温柔，所以他宁愿毁掉她，他要所有人陪他下地狱。

车内一直沉默，直到车在 MG 大厦前停了下来，齐思源才开口："苏木槿，你怎么会恶心我，你最恶心的就是你自己。"他单手撑在凌悠然的座位上，为她解开安全带，带她进入大厦。

这是 MG 集团的独立大厦，装潢奢华，安保森严，而齐思源就这么轻易地带她进来了，连前台看见他，都向他鞠躬问好，他和楚慕格之间的关系必然非同一般。

"你和楚慕格关系很好，你们是朋友？"

齐思源摇摇头："不是，我们不是朋友，是敌人，而你会成为我们其中一个人的战利品。"

"这场战争，怎么看你们两个都会输，因为我是凌悠然，因为我有黎浅南。"

电梯门打开，凌悠然被齐思源推进电梯，他单手掐着她的脖子，力度不大，邪魅的声音在她耳旁响起："扼住你喉咙的是我，怎么看这场战争都是我赢了。"

凌悠然还没来得及说话，齐思源为她按了电梯，俊美的脸上一抹邪笑："顶楼，楚慕格的办公室，但愿他能看在你的面子上放过你爸。"

电梯门慢慢关上。没有人知道一个人内心的恶魔到底有多可怕。很多外表善良的人，内心都有丑陋的一面，只是从未被发现而已。

电梯直接到了顶楼，凌悠然从电梯里走出来。这一层楼几乎都是秘书室，只有最靠左的房间写着总裁办公室，她推门走了进去。

楚慕格正认真地看着最新的企划书，丝毫没有发现办公室有人走了进来，她一步一步走了过去。

直到凌悠然站在办公桌前，他才抬头看见她。

啪！凌悠然狠狠甩了自己一个耳光，嘴角立马变得微肿，他站起来，还来不及阻止，她对自己的左脸又是一巴掌："错都在我一个人身上，我求你放过我爸。"

从他决定对付凌泽的那一刻开始，他和她只能站在对立面。可是计划并不是这样的，有人将他的计划提前了，提前也好，推后也罢，既然都来了，就当都是他做的吧！

"你到底要怎么样才肯放过我爸？是不是我记起所有的事情就可以了？"凌悠然见他沉默，便尽量让自己的声音柔和，楚慕格或许是唯一可以救父亲的人。

她走到他的跟前，缓缓闭上双眼："可是我记不起来，我的童年、我的少年，还有你，我什么都不记得。"

她睁开眼来，同楚慕格目光相对。

他凝视了她片刻，语气生硬："你记不记得，跟我已经没有关系了，凌泽入狱，那是我跟他之间的事情。你也不欠我什么，我们以后再无瓜葛，你可以回去继续做你的凌悠然，苏木槿和你更没有关系了。"

凌悠然气愤地将办公桌上的资料全部扫落在地上，瞥见桌角摆放着一把瑞士军刀，她拿在手里，打开折叠小刀，指向楚慕格："楚慕格，你告诉我，怎么回得去？你就不该闯入我的生命，李米恩说我是你的灾星，你才是我的灾星。"

他们曾经多么相爱，如今却恶语相向。

她紧握着瑞士军刀，对准自己的手腕，没有任何迟疑地划了下去，鲜血滴落在浅色地板上："我爸欠你的，我来还，你放过我爸。"

楚慕格抓住凌悠然的手，却不敢动手去抢那一把刀，现在她所经历的同当年他经历的一样。

不肯相信自己的父亲是这样的人，却又没办法去救，他只知道，凌泽欠他的，欠他父亲的，欠的本来就是要还的。

"我不可能放过凌泽，你也没欠我什么，你也不需要还我什么。"楚慕格冰冷的声音刺得凌悠然的双耳生疼。

楚慕格见凌悠然不再那么激动，抢过她手中的刀，扯下自己的领带，为她包扎伤口，那一刀伤得极深，整个小臂都是血。

她推开他，浓黑的双眉下是冷漠的眼神："楚慕格，我诅咒苏木槿，这一辈子，怨恨缠身，孤独至死。"

楚慕格的手掌沾满了血，凌悠然手腕处的疤痕也许会永远跟着她，她用如此决绝的方式诅咒自己，她要用苏木槿来折磨楚慕格。

楚慕格的心脏被重重一击，外面忽然下起了倾盆大雨。七年前，苏木槿生日的那天也下了一场大雨，那一天，他们的命运彻底改变。

3

苏木槿的生日是四月十六日。七年前的生日那天，楚慕格约好苏木槿，在学校后面那座废弃的礼堂见面，他为她准备了生日礼物，准备带她逃离这个城市，逃离苏容笙的控制。

他提前两天便将礼堂清扫干净，挂上气球和装饰品，布置了一个漂亮而梦幻的生日场地。

生日当天，当他打开礼堂的大门时，苏木槿正衣衫不整地窝在破旧的沙发上哭泣，苏容笙倒在旁边，满地血迹，礼堂内弥漫着血腥气。不远处，地上放着一把刀，整个刀上也都是血，任人一看，都知道发生了什么。

"我杀人了，我杀人了……"苏木槿双手抱住自己的头，恐惧地望着楚慕格。

楚慕格抱着瑟瑟发抖的她："木槿，我在，没事了，没事了啊！"

"他不是人，他想羞辱我，他一直都想这样，我明明是他女儿啊！他怎么能对我有这样的想法，他撕扯我的衣服，我不想，我不愿意，所以我就抓到那把刀捅了过去，我不是故意要杀人的，慕格，慕格。"苏木槿抱着楚慕格的手臂，失控地喊着，她儿时引以为傲的父亲，竟然想要占据她。

"木槿，你不要害怕，我保护你，我保护你。"楚慕格紧紧抱着发抖的苏木槿，窗外的雨和苏木槿的哭声混合在一起，那是命运在悲鸣。

"你怎么保护我，你保护不了我的，我要去坐牢。我不要，我不要，他死了都不放过我。"苏木槿颤抖地伸出手，指着躺在血泊中的苏容笙。她一直活在他的阴影下，现在他死了都不放过她，还要她去坐牢，她不想去那个黑暗的地方，她的人生一直在黑暗里。

她想要光，想要很多很多的光。

"慕格，慕格，我不想去坐牢，你帮帮我，你替我，好不好？我不想一辈子活在黑暗里，如果这样，我宁愿去死。"那时的苏木槿自私地将楚慕格推了出去。

楚慕格怎么会忍心看着苏木槿去坐牢，他说过要永远保护她。他捡起地上的刀，将刀上的指纹用手帕擦掉，然后自己握紧了刀柄。

他知道，这件事情总归是要有人负责的，如果换成苏木槿，她会背上弑父的罪名，还要忍受别人的闲言闲语。

楚慕格用苏木槿的手机报警，称自己失手杀了人。他一遍遍地叮嘱苏木槿：今天她生日，他约她到这里为她过生日，苏容笙尾随而来，怕孩子早恋，对他说了些难听的话。他只是想拿刀吓唬苏容笙的，没想到发生争吵，不小心将刀捅在了苏容笙的腹上。

"苏木槿，你记住了吗？记住要这样说，来，我们把衣服穿好。"楚慕格替苏木槿擦掉眼泪，对着她冰凉的额头一吻。

"不，慕格，我们一起逃吧！离开这里，永远都不回来了。"苏木槿搂住他的脖子，她柔软的嘴唇，亲吻在他的唇上。他一只手放在苏木槿的腰后，一只手放在她的脑后，苏木槿的眼泪流了下来，两人嘴里都是眼泪的咸味。

他环着她背后的手滑落了下来，望着她红着的脸和哭肿的眼睛："木槿，这件事情总要有人负责的，逃避不是办法。你答应我，不管我在牢里待几年，你都等我，好不好。"

苏木槿心中微微一颤："好，好，对不起，慕格，对不起……"

楚慕格又怎么知道，后来苏木瑾会因为齐思源手里的视频而变卦。

没过多久，警察就来了，楚慕格被铐上冰冷的手铐带走了。鉴于苏木槿精神不稳定，警察将其先送进医院，等情绪稳定后，再来录口供。

他愿为她背负一切不堪，抵挡所有流言蜚语。

楚慕格拨通电话，低吼道："谁让你将计划提前的，谁让你把凌泽送进牢里的。"

陈严接了电话，立马赶了过来，看见办公室里一片狼藉，地板上的血迹已经凝固了。楚慕格沮丧地坐在沙发上，低着头发出虚弱的声音："陈严，你怎么能没有我的允许就把计划提前了，你知道那里的血是谁的吗？苏木槿的。"后面的话几乎是大声吼出来的。

李米恩说的没错，他遇到了苏木槿，就狠不下心来了，可是不把凌泽送进牢里，他会一辈子活在对父亲的愧疚中。

"不是陈严的错，是我让他提前的，我怕你不忍心。"李米恩跟着陈严一块赶了过来，她站在楚慕格的身边，慢慢蹲了下来，抱着他低垂的头。

楚慕格抬头，眼眶发红，紧紧握着她的手："你怎么就知道我会不忍心？"

"因为你还爱她，楚慕格，你别骗我了，你从来没有恨过她，哪怕我李米恩把整颗心掏给你，你都不想要。"李米恩那双大眼睛被泪水淹没了，楚慕格拭去她眼角的泪，抱着她说："米恩，你为什么总要让我对你愧疚呢？"

李米恩十五岁遇到楚慕格，十年过去了，她还是没有走进他的内心。她将所有青春付诸楚慕格一人，他却将青春都付诸苏木槿。

凌悠然随便找了家诊所包扎伤口，流了很多血，不过没有割到大动脉。医生告诉她，留疤是难免的，医生在替她包扎伤口的时候，以为她是失恋了，想不开，一个劲地安慰着她。

凌悠然回到家，脸色惨白，罗玉芬去拉她的手，却被她躲开了，母亲小心翼翼地问："这是怎么了，悠然？"

她摇摇头。

黎浅南那边打来了电话，好几天过去了，终于听到了好消息。

黎浅南那边已经动用了自己和黎氏集团所有的关系，将整件事情压了下来。案件进度暂时有所延缓，凌泽受贿案还需要进一步调查，目前允许家属到医院探视。

只是五千万的数目太庞大了，向凌泽行贿的人员也承认行贿数额，并出示了证据。这是蓄谋已久的栽赃，几乎找不到任何疑点。

凌悠然和母亲赶去了医院，凌泽已经醒了，脸上戴着氧气罩，右手插着针管在输液，整个人虚弱不已。她上前握住父亲的手，他的嘴一张一合，用微弱的声音说："悠然，你要相信爸爸。"

前段时间因为父亲打了她一巴掌，她还和他怄气，而现在父亲却躺在了病床上，她紧紧握住父亲的双手："爸，我和妈都相信你，你好好养病，我和浅南会想办法的，不会有事的。"

凌泽听了这些话，才缓缓闭上眼睛，父母最在乎的便是自己在儿女心中的形象。别人的目光对他们而言远不及子女的重要。病房内罗玉芬陪着凌泽，凌悠然被黎浅南喊了出来。

事情远比他们想象的要棘手，黎浅南没有办法疏通关系，上面的人像躲瘟疫一样，死活不愿意帮忙。哪怕他将黎氏抬出来，他们都说公事公办，无人让步。

"这明显是要把我爸送进牢里，浅南，你千万别拿钱疏通关系什么的，我怕惹来不必要的麻烦。"

她想知道事情的来龙去脉，楚慕格为什么要这样对待自己的父亲，而要知道其中的原因，大概只能去问齐思源了。

"悠然，后天是我妈的生日会，你得陪我出席，毕竟你是我的未婚妻。当然，如果你实在不想去也没关系，我会和我爸妈说的。"

两家几十年的交情，现在父母不能出席，凌悠然自己肯定是要出席的，她拉着黎浅南的手："我当然是要去的，但你得给我准备晚礼服。"

"好！"见到她脸上难得露出笑容，黎浅南也释怀一笑。

凌悠然此时充满了内疚，她不敢告诉他关于楚慕格的事情，她想藏着这个秘密。现在她能拥有他，已然是件很幸福的事情了。

她不想因为任何人破坏这份幸福，所以，让她自私一点儿吧，让他只拥有纯洁美好的凌悠然。

4

黎浅南母亲这场生日会，更像是一场商业宴会。宴会是在黎家的庄园举行的，前两天大雨冲刷过的地面，到处都是湿气，却丝毫不影响来宾的心情。

凌悠然穿着一件粉色薄纱的长袖露背裙，将受伤的手臂隐藏了起来，蓬松的刘海垂在前额，浓密的秀发扎成了散乱的丸子头，加上她的鹅蛋脸，看起来甜美可爱。她挽着黎浅南的手臂，穿梭在人群中。

不远处，黎浅南的母亲龚文娜，穿着嫩青色旗袍，踩着银色高跟鞋，全身上下散发着优雅气息，不像六十岁的人，年轻得像四十岁左右的贵妇。陪在她身旁的是黎浅南的父亲黎永生。

"伯母，生日快乐。"凌悠然将上次挑选好的礼物递到龚文娜的手中。

龚文娜接过礼物，宠溺地抚摸着她的脸颊："悠然，瘦了不少，我们都知道你爸爸的事了，我和你黎叔叔会尽最大的努力帮助你爸的。"

"伯母，今天您生日，咱们不聊不开心的。"凌悠然挽过龚文娜的臂膀，亲昵地靠在上面，两人看起来像母女一般亲热。

宴会里突然人声鼎沸，原来是楚慕格和李米恩来了。李米恩穿着印花长裙，长发披肩，楚慕格穿着黑色西装。一个是国内一线明星，一个是这个城市极具影响力的集团大总裁，两个人一出场便成了整个宴会的焦点。

黎永生看楚慕格向这边走了过来，拉着黎浅南迎过去，凌悠然也跟着走了过去。

商界的人，不管年纪大小，称呼是以这个人在圈内的影响力而定的。"此次楚总能来参加黎某爱妻的生日会，真是让舍下蓬荜生辉啊！"黎永生端起桌上的香槟递给楚慕格。

"黎总，您这是说哪里的话，我在您面前也是个小辈，您叫我慕格就好了。"楚慕格接过香槟。

"那好，慕格，这是我儿子浅南，比你略长几岁，可惜不是块做生意的料，不如你精明啊！"黎永生和楚慕格聊得很欢，一旁的李米恩和凌悠然一直默默地凝视对方。

黎永生刚想介绍自己的准儿媳妇，李米恩便先向凌悠然问好："凌小姐，好久不见。"

"哎呀！原来米恩小姐和悠然认识啊！"黎永生倒是显得很高兴。

"我和凌小姐一起拍过杂志，我们很合拍。"都说李米恩的演技不差，凌悠然今天才见识到。前段时间，李米恩还恨不得把她赶得越远越好，而现在，她装得好像她们之间多熟络似的。

"那你们年轻人先聊，我带着犬子去那边一下，悠然照顾下楚总和米恩小姐。"黎永生说完就走了，黎浅南低头亲昵地在凌悠然耳边说了几句话就尾随而去了。

没有旁人在，气氛一下变得沉重，三个人心里各自揣着想法，楚慕格摇晃着杯中的酒："看样子，你和黎浅南的感情很好？"

"我们从小就是青梅竹马，两小无猜，当然感情好，楚总和米恩小姐感情也很好呢！"如楚慕格所说，他们之间已是陌生人。

楚慕格轻嗤一声："哼！青梅竹马，两小无猜。"

齐思源在不远处望着三个人小半会时间了，他举着酒杯走过去，一手搭在凌悠然的肩上："我们是不是要干一杯，庆祝我们四人的重逢？"

凌悠然将他扣在自己肩上的手拿开，挑衅地望着楚慕格："苏木槿早就死了，你们怕是搞错人了吧！这样无聊的游戏，恕我不奉陪。"

"凌悠然，你给我闭嘴。"楚慕格死死盯着她。

她将杯中的酒倒在地上，后退一步："这一杯，我替你敬苏木槿。"她转身离开时，楚慕格抓住她的手腕。

他的力道太重，疼得凌悠然闷哼一声，脸色霎时变得苍白。他慌忙放开她，差点儿忘记了她手腕还有伤。

凌悠然冷冷看了他一眼，潇洒地转身离开，走到黎浅南的身边。

楚慕格的手失落地放了下来，他和苏木槿怕是回不去了，她和黎浅南说话时，那低头娇羞的模样，早在七年前就不属于他了。

齐思源举手拍着巴掌："苏木槿真是厉害啊，咒自己死的话都能说出来。"

"你也闭嘴吧！"楚慕格没好气地对他说。

齐思源一声嗤笑，猎物在那边，他才懒得和楚慕格多聊。

李米恩看了看楚慕格，又看了看不远处的凌悠然，心里说不出的滋味。

凌悠然看见齐思源往她和黎浅南的方向走来，生怕他又来捣什么乱。

"哥，这就是我未来的嫂子呀！长得可真漂亮。"齐思源一副痞气的笑容，他和黎浅南的关系吓得凌悠然失手把酒杯掉在地上。

黎浅南不解地望着她，她听到这句话，竟然这么慌张，傻子都能看出来，他们认识，而且关系不浅。

"悠然，这是我弟，齐思源。"黎浅南虽然猜到了其中一些端倪，还是向凌悠然介绍了齐思源，她轻轻点头，假装不认识。

黎浅南是黎永生的私生子。龚文娜和黎永生在大学便认识了，并且生下了黎浅南，但是龚文娜那时无法帮助黎永生的事业，黎永生被家里逼迫，娶了齐思源的母亲。黎浅南一直跟着母亲龚文娜。

黎永生在这个大城市做生意时，重新遇见了龚文娜，那时黎浅南已经七岁了。黎永生爱的人本就一直是龚文娜，只是碍于齐家的势力，一直不能离婚而已。齐家只有一个女儿，所以要求孩子跟着姓齐。

龚文娜也不要求他离婚，只想做他背后的女人。黎永生便一直依附着齐家的势力打下自己的事业。

时间过得很快，一晃就是十几年。

直到齐思源十六岁的时候，黎永生出轨的事情暴露，也亏得那件事，龚文娜等了二十年，终于坐上了黎太太这个位置。

齐思源十八岁那年，离开阜城，表面上答应帮父亲打理生意，其实只是为了击垮父亲而已。

只是，让他惊喜的是，他发现了凌悠然的存在，他一眼就认出了她就是苏木槿，他报复的对象又多了一个。

齐思源从来不以黎家人的身份出现在任何公共场所，外界一直以为黎氏只有一个少东家，那就是黎浅南。可是黎浅南一直都以医学作为事业，所以黎永生对齐思源有了培养之意，还送他去日本熟悉那边的产业。

齐思源意味深长地看了一眼凌悠然："我们可不是真兄弟，同父异母，但是他是私生子，我才是正牌，他妈小三上位。"

凌悠然第一次看见黎浅南发脾气："齐思源，你给我闭嘴，你不说话没人当你是哑巴！"

"我只是陈述事实。"

正在这时，黎永生朝这边走了过来，齐思源亲昵地迎上去，搂着父亲的胳膊，把他带到楚慕格的面前。三个男人坐在一旁，谈论着一笔生意。

黎永生对齐思源一直是有愧疚的，如果不是他，自己这个儿子又怎么会失去母亲。

而更让他羞愧的是，自己的儿子竟然会跟踪自己，令那么不堪的事情暴露出来。自那以后，他就再也不愿意回到阜城了。

阜城，仿佛埋藏着所有人都不愿意回想的过去。

黎永生已经决定让齐思源接自己的班，而他不知道的是自己这个儿子恨他已经到了想摧毁他的地步。

这个世界上最可怕的就是我们自己，谁都不愿意原谅谁，谁都不愿过上最简单的生活。

5

齐思源到停车场时，看见凌悠然站在她的车前。

他打开车门："苏木槿，你这又是想干什么？"

"齐思源，救我父亲，什么代价都可以，你不是很想让我恢复记忆吗？我也配合你。"

他笑了笑，示意她上车。他怎么会帮她救凌泽，他最想看到的就是她和楚慕格永远互相责备，走不到一起。她苏木槿让他失去了亲人，他当然也想看看她失去亲人后痛苦的模样。

"第一次见到你的时候，下着大雨，你站在屋檐下伸出手，抿嘴微笑，看着雨水从你的指缝里流出去。我不由自主地跟着你做一样的动作，那个时候我以为你是个爱笑的女生。"齐思源发动车子，自顾自地说着。

齐思源是在高一开学之际遇见苏木槿的，那是初秋时节，同学们都在教学楼的门口等着大雨停下。

那时的苏木槿穿着白色校服，乌黑的长发垂在腰间，她左手抱着怀里的书本，右手伸了出去，感受雨水从指缝流过的感觉。齐思源被她吸引，站在她的身旁，和她做着同样的动作。他望着她抿嘴微笑，时间就像是静止了一样。

她抬头，发现他正看着她，眼神立刻变得冷漠，撑起雨伞就离开了。齐思源对苏木槿一见钟情，她的笑，她那冷漠的眼神，都让他难以忘怀。

"你知道楚慕格为什么要那么对我父亲吗？因为要报复我吗？我欠他的大概真的很多吧！"凌悠然低头苦笑。

"他怎么会报复你，他报复的是凌泽，这是你爸欠他的。"

两个人就这样心平气和地聊着，没有针锋相对。

将凌悠然送到小区门口，他递给她一张房卡："长城酒店，后天晚上八点你来这个房间找我，我告诉你所有你想知道的事情，我会考虑帮你救凌泽的。"她用奇怪的眼神望着他，他笑了笑，"放心，不是让你卖身，我不会乘人之危的。"

凌悠然接过房卡放进包里，轻轻说了声"再见"就进了小区，现在唯一能帮她的人就是他。

齐思源点燃手中的烟，他问过医生，恢复记忆最好的办法便是唤起失忆的人最美好或者最痛苦的记忆。美好的记忆苏木槿怕是没有了，痛苦的记忆倒是有一大堆，大概最痛苦的事情莫过于她亲手杀了苏容笙，又让楚慕格替她顶罪吧！

"苏木槿，让我们一起下地狱吧！"齐思源丢掉手中的烟，仰头大笑，突然想起鹿萌萌在日本对他说的话："齐思源，你就是个疯子，而我像个傻子一样爱着你这个疯子。"

凌悠然这两天都有点儿头疼，早上到工作室的时候，路鸣在她手里塞了一盒药："先把自己身体照顾好，不然怎么撑下去。"

虽然黎浅南已经想办法封锁消息，不过没有密不透风的墙，五千万巨额贪污的事情已经在网络上传开了。整个工作室的人都用异样的眼光看着凌悠然。

"凌悠然，你爸坐牢了？判了多久？这么严重的事，起码得判个无期徒刑吧！"杨梦迪发出尖锐的笑声。

凌悠然继续处理着手上的工作，甚至没有抬头去看杨梦迪一眼。杨梦迪抢过她手里的资料，轻声说："您心真宽呢！不过说实话，打死我都不相信你爸能贪五千万，就那么芝麻绿豆点大的官，警察局和反贪局的人都是傻子吧，这也信？"

她抬头看着杨梦迪，黎浅南这点倒没说错，眼前这人并没什么坏心，只是说话难听了点儿。杨梦迪说的没错，父亲怎么贪得了五千万，这件事情充满疑点，可她却无法帮父亲洗脱罪名。

"谢谢你。"听了她的话，杨梦迪奇怪地"嗯"了一声，摇着头离开她的办公桌，嘴里念着："凌悠然，难道被刺激过头了？"

一下班，凌悠然就直奔医院探望凌泽，然后打车前往长城酒店。她在包里放了一把十五厘米的短刀，还带了录音笔。

她站在酒店大堂内，鹿萌萌打来电话，她本不想接的，想了想还是按下接听键。手机里传来对方焦急的声音："悠然，你在哪里？"

"长城酒店，怎么了？"

"你赶快出酒店，我……"鹿萌萌的话还没说完，凌悠然的手机便被人抢走了。

她回过头，齐思源正饶有兴趣地看着她："这么准时，走吧！"

"我们不能在大厅聊吗？"她伸手去抢手机，被齐思源躲了过去。

他俯身在她耳旁说："你不是想知道所有事情吗？我有一个录像，你看完以后就明白了，录像在房间里。"接着他又调侃一句，"怎么，怕我吃了你？我还没有饿到那种地步。"

"别那么多废话，带路！"

凌悠然随齐思源一起来到位于顶楼的豪华套房。客房的水晶灯非常明亮，齐思源坐在沙发上，将对面的液晶电视打开。

她呆呆地站在沙发旁，看着电视上的画面。一个长发少女穿着校服走在操场上，背影落寞得很。接下来的影像记录了这个少女趴在课桌上睡觉时的样子，还有她在黑板上答题时的样子，可所有的画面都只有背影或者侧脸。

"她就是苏木槿吗？"凌悠然指着影像里的自己，她看不到正脸，却能感受到年少时的自己是多么孤独。

这时齐思源已经从沙发上起身，他回答道："对，苏木槿。"接着他又问道，"凌悠然，喝咖啡吗？"看到她轻轻点头，他笑了笑，走到一旁冲了一杯速溶咖啡。

凌悠然接过齐思源冲好的咖啡，一脸不悦地问："你既然那么迷恋苏木槿，为什么还要招惹萌萌？"她能看出来，齐思源挺在乎苏木槿的，那么鹿萌萌呢，他对鹿萌萌似乎没有任何真意可言。

"我跟她很合拍，我指的是身体很合拍。"齐思源凑上前，修长的手指轻轻拂过凌悠然的脸颊，"可是，我爱的一直是你，苏木槿。"

齐思源的告白一点儿都不深情，凌悠然冷笑地指着影像里的人："你的爱就是偷拍别人吗？"

"凌悠然，我告诉你一个秘密好不好。"他用遥控器将电视机关掉，房间里变得安静，"楚慕格坐过三年牢，因为不小心杀了苏木槿的父亲苏容笙，但是真正杀苏容笙的人是你——苏木槿。"他的话让凌悠然的脸瞬间变得惨白。

她全身发抖，失控地大喊："不可能，不可能，苏木槿怎么可能杀人？你骗人！"这个真相太残酷了，她怎么能接受？

"苏木槿，你就是个杀人犯，杀的人还是自己的父亲。"齐思源将凌悠然发抖的身体抱在怀里，低头在她的耳畔重复着她是杀人犯的话。

她哭丧着脸，抬头望着他，却看不清他的模样，头部晕眩得很，她死死拽着他的衬衣，虚弱地问："你给我喝的是什么？"

"先乖乖地躺一会儿，等下还有好戏呢！"凌悠然感觉整个房间都在旋转，好像有几个齐思源在说话。

她的脑海里只有一个念头：楚慕格，你在哪里？

她沉沉地闭上双眼。

第七章

阜　城 >>

1

　　凌悠然睁开双眼，发现自己坐在沙发上，身子已经无法动弹了，手脚被麻绳绑得死死的，齐思源坐在一旁摇晃着酒杯盯着她。

　　"既然醒了，那我们的好戏可要开始了。"她现在一听见他的声音就害怕，他放下酒杯，右手拿起茶几上的一瓶酒，左手捏住凌悠然的下巴。

　　凌悠然紧闭着嘴巴，头乱甩着，他笑了笑，直接掐上她的牙关，凌悠然被迫张开嘴，冰凉辛辣的酒水被强行灌进嘴里。

　　"咳咳咳……齐思源，你……"凌悠然无力地挣扎着，酒从喉咙流入胃里。她拼命摇着头，他却不肯停下手，直至那瓶酒空了底，一半硬灌给了凌悠然，一半在凌悠然乱挣扎时洒了出去。

　　凌悠然此刻双颊通红，头发凌乱，半张着嘴大口喘着气，在齐思源的眼里看来竟然有那么一丝性感。他再次捏住她的下巴，迫使她抬头看着他："怎么样？有没有似曾相识的感觉？"他伸出舌头，将她嘴角边残留的酒水一扫而过，接着亲吻她的耳垂，沿白皙的脖颈向下吻去。

"啊！"在齐思源伸手去解凌悠然的衣扣时，她那一声绝望的大喊，让他停住了手。他起身打开电视，按压着她的双肩，指着屏幕低吼："凌悠然，你仔细看看！这是谁？这不就是你吗？"

屏幕上，苏木槿看着原本荒废的礼堂此刻焕然一新的模样，开心地咯咯笑着，这是楚慕格为她精心准备的。她第一次感受到了幸福。

她坐在沙发上，看着窗外的大雨，静静地等着楚慕格到来。然而，她等来的却是全身淋湿、手里拿着一瓶酒的苏容笙，她害怕地从沙发上站了起来，轻轻喊着："爸。"

苏容笙气势汹汹地走过来，拉着她的小臂，大吼着："我不是你爸，你是我捡来的，捡来的。"她虽然早就从奶奶那里得知自己是捡来的，可听到父亲当面说出来，她竟然有些难过。

苏容笙不顾她在想什么，双手禁锢着她，将剩下大半瓶的酒强行灌入她的嘴里。他撕扯她的衣服，她反抗，他嘴里喊着："你是爸爸的，知道吗？小槿，乖。"

恶心的唇落在她的脖子上，落在她的胸前，她大哭着喊："爸，爸，我是你女儿，爸……"她的每一句喊声都是那么绝望、痛苦。

"我不是你爸，我辛辛苦苦养你十几年，你居然想和那个小子私奔。我养你就是为了陪我的，你懂不懂，懂不懂？"苏容笙露出邪恶的笑容，双手抚摩着苏木槿柔嫩的肌肤。

苏木槿反抗时，看见了茶几上水果盘里的刀，她用尽自己所有的力气，伸手拿到那把刀。在苏容笙将她的牛仔裤脱到一半时，她狠狠地将刀刺进他的腹部。

苏容笙突然停下了动作，缓缓地站了起来，低头看了看插在自己腹部的刀，血开始涌出。他不敢相信地望着苏木槿："你居然敢对我起杀心。"

苏木槿裹紧自己的衣服，用发抖的双手穿好裤子。她走上前，手握着苏容笙腹部上那把刀的刀柄，苦涩地抿嘴一笑。

"这些年，我在你的面前，活得都不像一个人。我不能像其他孩子一样享受童年，享受青春，享受家庭温暖。我还要每天提防自己的父亲，现在你居然对我做出这种事。苏容笙，你还是不是人？是你毁了我的一切，你就该死。"苏木槿将刀从他的腹部拔出来，他直接倒在了地上。

见苏容笙倒了下去，苏木槿双手发抖，看着自己手中那把沾满鲜血的刀，她害怕地将刀丢在一旁，一步一步向后退，直至退到了沙发旁。她窝在沙发里，双手抱着自己的膝盖，余光看着地上已经死掉的苏容笙，嘴里念着："不怪我，都怪你自己，你该死，你该死。"

楚慕格进来的时候，看见的就是这个场景，苏容笙躺在地上，地上满是血迹，那把刀被丢弃在沙发前，苏木槿衣衫不整地蜷缩在沙发上。

凌悠然泪流满面地看着屏幕里的一切，她想说话，却发现喉咙已经干涩得发不出任何声音。齐思源坐在她的身旁，抚摩着她的头："木槿，我们才是一样的人，当年你杀苏容笙的时候，心里一定充满了快感吧！"

凌悠然转过头，一口咬在齐思源的肩膀上，他也不反抗，任凭她咬着。她发出呜呜的声音，现在的感觉让她觉得恶心。

她突然觉得胸腔难受，哇的一声将胃里被酒浸润的食物通通吐了出来。齐思源轻轻拍着她的背，拿起桌上的白开水给她。

"走……走开。"酒精开始发挥作用，凌悠然已经醉了七八分了。

齐思源一把抱起凌悠然，将她放在宽敞的床上。凌悠然望着他，分不清这是现实还是梦境，此刻她嘴里喊出来的话却是娇嗔："你走开……放开我。"

"好！"齐思源单膝跪在床上，解开凌悠然被捆绑的双手和双腿，轻轻揉着她发红的手腕。他脱掉自己的上衣，抚摩着凌悠然通红的脸颊，她酒醉后的模样，像妖精一样勾人。

"苏木槿，以后，你就是我的了。"

他俯身一口咬在凌悠然的锁骨上，她吃痛地闷哼一声。齐思源的荷尔蒙被彻底激发，他现在只想占据身下这个人，不管发生什么，他都不想再放开她了。

他伸手去解开那些碍人的衣扣，肩突然被人从身后抓住，紧接着，拳头打在他的脸上。等他反应过来的时候，黎浅南正恶狠狠地瞪着他，鹿萌萌正抱着凌悠然，他稍稍狼狈地站了起来，指着床上的方向："鹿萌萌。"

鹿萌萌不敢抬头看他的眼睛，他喊她名字的声音，带着憎恶和失望。黎浅南低吼："萌萌，你带悠然离开这里。"

齐思源和黎浅南互相盯着对方。

"思源，有什么你冲我来，不要伤害悠然。"他不再去看齐思源，转身离开。

凌悠然迷迷糊糊地躺在黎浅南的怀里，鹿萌萌开着车，时不时从后视镜观察凌悠然的状况。

凌悠然呵呵地笑着说："我告诉你们一个秘密啊！我……就是苏木槿，杀人犯呢！"

鹿萌萌转过头，和黎浅南对视一眼，凌悠然突然低声哭泣："真的好累，好累。"

"累了，就睡吧！"黎浅南将她紧紧抱在怀里，没一会儿，她已经沉沉睡去了。

黎浅南的内心五味杂陈，他不知道如何去面对醒来的凌悠然，也不知道醒来的苏木槿又会怎样面对他。

2

冬天的南方下起雪来，如鹅毛一般轻轻飘落，要有些时日，地上才会变得白茫茫一片。苏木槿第一次在寒假背着父亲出家门，楚慕格只见苏木槿向他跑来，脸颊冻得通红。

他解开自己的围巾，套在她的脖子上，搓热双手，捂在她的耳朵上："你也不穿暖和点儿，万一感冒了呢？"

天空上飘着雪絮，将楚慕格的一头黑发染白了许多，苏木槿抬手将他头顶的雪拍落下去："你干吗等我这么久？万一我出不来了呢？"

"今天可是我生日，我知道你一定会来。"楚慕格露出一贯温暖的笑容，双手摊在苏木槿的面前，"我的生日礼物呢？"

她浅浅一笑："你闭上眼睛。"

楚慕格满心期待地闭上双眼，苏木槿蹲在地上，一手抓起一团雪，向楚慕格的身上扔过去。

楚慕格觉得身上一凉，睁开眼睛，看见苏木槿得意地笑着。他半眯着眼睛，弯腰抓起一把雪向苏木槿扔去："好啊你，苏木槿，你敢耍我，你给我等着。"

苏木槿躲过了楚慕格的攻击，又抓起雪回击，两人在空旷的雪地上跑着。原本冷漠严肃的苏木槿，到了雪地上，也如同孩童一般。雪纷纷扬扬地飘着，苏木槿嘴角带着笑意。

苏木槿躲到光秃秃的柳树后，楚慕格穷追不舍，看来是不打算放过她了。可是，他的攻击没有一次成功，全被她躲了过去，而他却满身都是雪痕。

楚慕格大口喘着气，双手举过头顶，一副投降的模样，可怜巴巴地说："木槿，我认输了，我不玩了。"

"真的，你不打我？"苏木槿探出头，眨着双眼。

"嗯，真的。"楚慕格一说完，苏木槿拍拍双手沾的雪，走到他的面前，他双手抱紧她的肩，"苏木槿，长本事了啊！现在都敢欺负我了，看我怎么收拾你。"他知道她最敏感的地方就是腰部，伸手挠着她的痒痒肉。

"哈哈……我不敢了……真的。"苏木槿哈哈大笑着。

雪地上滑得很，两人一个不小心，双双脚滑，相拥摔在雪地上。楚慕格急忙用手扶住苏木槿的后脑勺，两人四目相对，凝视着对方。

那时年少青涩的他们都怕自己太年轻，不懂什么是爱，又害怕不稍稍勇敢一些，青春的美好就会随着时间流逝。

"苏木槿，我的生日愿望便是一直保护你，永远在你身边。"楚慕格缓缓闭上双眼，亲吻着苏木槿光滑冰凉的额头。

苏木槿在十六岁那年的尾声，将十七岁楚慕格的真心拥入怀中。

凌悠然睁开双眼，头顶上是白色的天花板，她有那么一瞬间的失神，苏木槿所有的记忆都注入她的脑海中。

凌悠然拔下输液器，打开床头的小柜子，发现里面有她的便装。

她走到洗手间，换上便装，望着镜子里苍白的脸，用低沉的声音说："苏木槿，我带你回去吧！"

汽车站人来人往，凌悠然坐在候车室内，手里紧紧攥着车票。候车室内响起广播声："您好，上午十点三十分开往阜城的汽车就要发车了，请未上车的乘客迅速上车，以免耽误您的行程。"

阜城——那个她曾经最害怕的地方，那个她曾经无数次想逃离的地方，七年过去了，她将再一次踏上这片土地。这一次她不再害怕，她真的有些怀念，怀念那个见证了她和楚慕格的成长的小城。

三个多小时的车程，凌悠然一路看着沿途的风景，迷迷糊糊地睡着了。梦里她看见苏容笙站在她的面前，轻声地喊着她的名字："小槿，小槿，来，来爸爸这里。"

她在苏容笙怀里撒娇："爸，我好想你啊！"抬头，却看见苏容笙脸上狰狞的目光。

她猛地推开他，睁开眼睛，车刚从高速路口下来，驶入阜城。她低头笑笑，她儿时最想依赖的怀抱也是她最害怕的怀抱，她打心底里还是想念那个人的，他在年幼时还是给过她温暖父爱的。

凌悠然从汽车站走出来，这个城市还是那么熟悉，人们依旧过着慢节奏的生活。

她走下台阶，在路边拦了一辆的士，司机师傅用一口地道的阜城话问她："姑娘，去哪？"

"双口巷，179 号。"她用普通话回答，这么多年过去了，她一时之间不知该如何开口去讲阜城话了。

"小姑娘不是阜城的人啊！"

"是阜城的，只是太久没有回来了。"

"阜城这几年变化多大啊！有时间还是多回来看看啊！"司机师傅倒是健谈得很，凌悠然也随口和他聊着，聊着聊着阜城话的口音便出来了一些。

凌悠然站在双口巷的路口，往前走 500 米就是苏宅了，她依旧记得很清楚，这个她生活了十几年的地方。

火红色的墙砖上爬满了爬山虎，连同铁门上也满是爬山虎，小院内木槿树长得正茂盛。她伸手去按门铃，敏姨还在不在这里呢？

不一会儿，一位穿着黑色休闲装的妇女前来开门，那妇女一看见凌悠然，惊得手里的桌布直接掉在地上。过了几秒钟后，她激动地抓着凌悠然的两只胳膊，双眼含着泪水，不相信地摇着头问："是小槿吗？"

凌悠然点头，牵强地扯出一个笑容："敏姨，是我，小槿。"

在苏木槿五岁的时候莫敏就来到了苏宅，莫敏照顾了她十几年，她们之间的关系很是亲密。在苏木槿的眼里，莫敏是这间宅院里她唯一不会害怕、想要靠近的人。

莫敏抱住凌悠然，手抚摩着她的脑袋："我可怜的孩子啊！"她哭泣了好一会儿，情绪才恢复平静，拉着凌悠然的手："来，小槿快进来。"

凌悠然跟在莫敏身后，看着有些陈旧的宅院，右边的草坪还有她经常荡来荡去的秋千，这里一丝都没有变过。

莫敏领着她来到客厅门口。她走进客厅内，里面光线昏暗，厚重的窗帘遮挡了外面的阳光。

一位白发苍苍的老奶奶穿着麻布素裙坐在轮椅上，望着窗帘，用沙哑的声音说："阿敏，是谁来了？"

凌悠然示意莫敏不要说话，她慢慢地走过去，在那人背后轻唤一声："奶奶。"

老人转过轮椅，抬头看着她，凌悠然心里一酸，泪水突然涌出眼眶。七年的时间真的过得太快了，眼前这个老人的模样让她心疼。双眼无神，脸上爬满了皱纹。这个曾经在阜城有着极高声望的女人，如今也只是一个孤独的老人。

老人无奈地笑了笑，有些哀伤地说："还以为你再也不会回来了呢，我就在想啊，走吧，走吧，走得越远越好，永远都别回伤心处了。"

凌悠然双膝跪在冰凉的地板上，双手抱着自己的头，低声啜泣："奶奶，对不起，对不起。"

以前，她非常害怕眼前这个老人，她的严厉压得她喘不过气来，她们从未有过像别的祖孙一样的亲昵关系。而现在她对这个老人满怀愧疚，让苏木槿感到愧疚的人又何止楚慕格一人。

3

凌悠然拿起桌上的相框，照片里的男人一脸严肃，他从未真正笑过吧！

"那时候你就只有两岁多，哪里记得什么？全身脏兮兮的，看见容笙便扑进他的怀里，他问你，叫他爸爸好不好，你犹豫一会儿后，扯着他的衣角叫了'爸爸'，他就把你带了回来。"苏民莲坐在轮椅上，望着凌悠然，眼里露出她从未看过的悲伤。

凌悠然儿时对家里的事情并不是很清楚，她从未见过爷爷的模样，苏容笙告诉她，他很小很小的时候，爷爷便去世了，所以他跟奶奶姓。

苏民莲几乎所有时间都在工作，她是阜城一中的校长，一任便是好几届。她从不关心苏木槿的事情，也不太去管苏容笙的事情。起初苏容笙谈过几个女朋友，她都不满意。直到苏容笙三十多岁的时候，她才发现儿子看苏木槿的眼神有些奇怪，原以为只是溺爱的眼神，却不知会发生后面的事。

"我早知道结果如此，当初就应该把你送往孤儿院的。"苏民莲的语气突然变得冰冷，凌悠然早就该知道苏民莲是没有感情的人，她心里默默收回刚刚的怜悯。

"你早知道，你为什么不阻止？"凌悠然反问，苏民莲偏过头。

良久，她才缓缓开口："我当时想着，赶快找到你的亲生父母将你带走，等我找到的时候，容笙已经死在了你的刀下。"

苏民莲记得，那天下着大雨，苏容笙沾满血的尸体出现在她的面前，苏木槿瑟瑟发抖地蹲在警察局的角落里。她走上前，伸手想去抚摩这孩子的头部时，她双手抓住她的手腕，一口咬了上去，直到咬出了血，她才放开。

苏木槿那时不哭，只是双眼泛红，对她低吼："都怪你，都怪你，如果……如果你多关心我一点儿，如果你多关心苏容笙一点儿，什么都不会发生，什么都不会发生。"

旁边几个警察都没听明白，而她听懂了，苏木槿在怪她。她那时便猜到杀苏容笙的不是楚慕格而是苏木槿。

接着苏木槿冷笑一声："你那么冷血无情，苏容笙便像极了你，连自己的女儿都不放过，而我就像苏容笙一样无情，苏家的人没一个好东西。"

苏民莲从来没觉得自己哪里做错过，而那天，她觉得自己错了，做错了好多好多的事。

"不是我，不是我。"听到苏民莲的话，凌悠然使劲地摇头，苏容笙不是她杀的，是苏木槿杀的。

她眼前的苏民莲很冷静地说着七年前的事。当年，她也是这样冷静地处理儿子的后事，冷静地将楚慕格告上法庭，冷静地给她找亲生父母。如果换了常人，哪里能冷静地做这些事情，可是苏民莲可以，这个没有感情的女人可以。

"容笙不管对你再怎样，他终究是你喊了十几年父亲的人啊！"苏民莲有些愤怒地握着轮椅两侧的扶手。

凌悠然依旧摇着头："他不配，在苏家这十五年，我活得什么样，你最清楚不是吗？如果没有楚慕格的出现，我的生活毫无快乐可言。"

"你要让楚慕格替你顶罪，虽然我明知是你杀了容笙，却没让警察调查，直接将那个孩子送进监狱。你要离开阜城，我便找到你亲生父母带你离开，满足了你的心愿，我这个做奶奶的真的是仁至义尽了啊！"苏民莲对着天花板仰头大笑，那一年，她失去了苏容笙，苏木槿失去了楚慕格。

凌悠然觉得很是可笑，苏木槿那没有光的人生，她再也不想去触碰了。

她走到窗前，拉住厚重的窗帘，对苏民莲说："你是不是不想见光，可是我很喜欢光呢！"

苏民莲惊得睁大瞳孔："不要，不要拉开窗帘，不要，我不要见光。"

"爷爷的去世让你不再热爱这个世界，你每次看到苏容笙便想起爷爷，所以你讨厌苏容笙，你不愿把给爷爷的那份爱分给他。你宁可自己一个人躲在那个黑暗的角落里。苏容笙也和你一样，他把我养大不过是想得到一份感情寄托而已。"凌悠然说完以后，伸手将窗帘拉开，整个房间不再昏暗，刺眼的阳光透过玻璃照进整个房间。

苏民莲双手挡着自己的脸，嘴里喊着："不要照我，不要让光照我，滚开，都滚开，好痛，好痛。"

凌悠然走上前，将苏民莲的双手从脸上拿下来，指尖轻轻抹去她眼角的泪："如果有来世，奶奶，你一定要好好爱别人，好好爱自己，多去追求一些光。"

她起身，打开客厅的门，莫敏急忙跑上前问："还好吗？"

"敏姨，奶奶让你进去。"

莫敏点点头，小跑进去，凌悠然刚走出门外没几步，便听见房里传来嘶喊的声音，接着是玻璃砸碎在地面的声音。

凌悠然的内心感到愧疚，对苏民莲的愧疚，对苏容笙的愧疚，毕竟他们养了她十五年。

每个人的内心都曾被黑暗禁锢过，还好有爱，让我们不再害怕，不再孤单。

凌悠然离开之时，已经泪流满面了。走在熟悉又陌生的街道上，她听见一个熟悉的声音在身后唤她："木槿，苏木槿。"

她转身，依稀见到了楚慕格。她浅浅一笑，他却消失在人群中，她再也抓不住那份美好了。

十年前，他们初遇，他便如同战士一样，将她紧紧抱在怀中，对她说："别害怕。"

后来，他们青涩地牵起对方的手，他对她许下承诺：永远保护她，一直在她身边。

七年前，短暂的幸福破灭，他为了保护她，不惜将自己的人生抹上污点，只为换取她表面的干净。

之后，他们之间再无纠缠，如木槿花一样，再美也会凋谢，来年看花的人也不知是谁了。

如今，他们再次相逢，身边却都有了他人陪伴，恩怨纠缠，无人能释怀。

"木槿，苏木槿。"她再次转身，真的是他，他那明朗又温暖的笑，让她仿佛回到了从前。

她走向前，含泪笑着："慕格，楚慕格。"他轻轻点头。

她缓缓蹲下，低声抽泣，哽咽地说："慕格，对不起，对不起，对不起……"

这一天，凌悠然一直在和楚慕格说"对不起"这三个字。

4

鹿萌萌拖着疲惫的身体回到公寓，一打开灯，就看见齐思源正坐在沙发上。

她走上前，像个孩子一样低头认错："思源，对不起。"

"哼！你还真是中国好闺密啊！这会儿楚慕格和苏木槿正在阜城回忆往事呢吧！"齐思源站起来，愤怒地扬起右手，却迟迟没有将巴掌落在鹿萌萌的脸上。

今天上午在医院，鹿萌萌出去接完电话再回到病房时，发现凌悠然已经不在病床上了。洗手间的门是敞开的，红色的口红在镜子上留下一句话："不要找我，我会回来。"

"萌萌，你十八岁那年真不该遇见我。"齐思源无奈地将手放了下来。

那年，鹿萌萌的兄嫂在车祸中去世，哥哥的公司被黎氏恶意收购。她知道车祸是有人从中做了手脚，向法院起诉黎氏，最终却败诉。

面对父亲的债务，兄嫂的后事，那时的鹿萌萌没有一个可以依赖的人。在这个时候，齐思源出现了。他问她："是不是觉得很绝望？"

她点头，很绝望，很痛苦，很想将造成这一切的人剁成肉酱。

"我可以帮你还清债务，你依然可以好好上学，我们可以一起让共同的敌人得到应有的惩罚。"齐思源那时刚刚二十岁，脸上的笑容如同地狱的恶魔一般。

鹿萌萌没有选择的余地，从那天开始，她的一切都是齐思源给予的。她听从他的命令，为他做任何事情，从最初的害怕到最后的沦陷。

鹿萌萌无力地坐在沙发上："你那么爱苏木槿，为什么一定要将她推入无底深渊呢？"她和苏木槿一样，不过是想追求光的孩子而已。

"我真的累了，思源。"她付出了真心，却没有任何回报，她真的很累了。

齐思源再次被激怒了，他紧紧抓着她的双肩大吼："鹿萌萌，就算我不爱你，你也不能走！"他的身边只有鹿萌萌了，这个世界，只有她会全心全意对他好。

"我要走，离你越远越好，你这个地狱里的恶魔。"鹿萌萌强忍着眼眶里打转的泪，她不要哭，不要再为这个人哭了。

"你要是敢走，我就让你再也见不到鹿子俊。"齐思源总是能一次又一次地抓住鹿萌萌的软肋。

六年了，他对她太了解了。

"琳姐才是小俊的监护人，他和我早就没有关系了。"

"那又怎么样？我现在就可以让人把鹿子俊从学校带走，然后……"

"你敢！"

"你觉得我有什么不敢的？"齐思源一手将鹿萌萌抱在怀里，声音一下子变得温柔，他轻抚着她的背，"萌萌，你就这样乖乖的不好吗？为什么一定要我用对付别人的手段对付你呢？"

其实，他从来没有想过去伤害鹿萌萌，他们都是可怜的孩子。他也尝试过去接受鹿萌萌，接受那颗被他伤过一次又一次的心，可他好像已经失去了爱的能力。

鹿萌萌不再说话，齐思源就像是她的牢笼，她的一切都掌握在他的手里，她此刻只想保护好身边的人。

放学铃一响，孩子们开心地背着书包从校园里走出来。鹿萌萌站在路旁，像是来接孩子的。

一个大约七八岁、留着西瓜头的男孩向她招手，她还没来得及叫他的名字，男孩就飞奔进她的怀抱里，甜甜地喊了一声："姑姑，我好想你啊！"

她蹲下来摸着男孩的脸，在孩子脸上亲了一口："小俊，姑姑也好想你啊！"

"姑姑，妈妈说让你一块去家里吃饭。走吧！走吧！"鹿子俊拉着鹿萌萌的手，他笑起来像罐里的蜜糖一样甜。

鹿萌萌一进屋，就闻到扑鼻的香，李琳穿着一身家居服从厨房里走了出来。平时上班雷厉风行的女强人此刻也和平常的主妇没有多大区别，衣着素净，面带笑容。

"萌萌，你想吃什么菜啊？"比起工作室的李总，鹿萌萌更喜欢李琳现在这个模样，看起来平易近人。

如果路鸣看到这样的场景，他会不会很欣慰呢？

鹿萌萌内心叹息一番，随口答道："琳姐，你厨艺那么好，做什么我都爱吃。"

"妈妈，姑姑可是吃货！"在一旁玩积木的鹿子俊调皮地对鹿萌萌眨眨眼睛。

不一会儿，李琳将做好的菜陆续端上餐桌。她看见鹿子俊手里的积木问道："萌萌，你怎么又给小俊买积木了？他房里还有好多呢！"

鹿萌萌一脸茫然，连忙摇头："不是我买的啊！"

鹿子俊抬头，指着手里的积木："这是今天下午的时候，一个长得很帅的叔叔给我送到学校的啊！他说她是姑姑的好朋友。"

鹿萌萌攥紧手中的筷子，苦涩一笑："啊，对，我让一个朋友帮我买了礼物给小俊，我差点儿忘记了。"

她当然知道鹿子俊口里的那个帅哥哥就是齐思源，他在警告她，休想离开他。

李琳看鹿萌萌的脸色不好，笑着往她碗里夹了不少菜："萌萌，你最近瘦了不少，多吃点儿。"

鹿萌萌放下手中的筷子，认真地说："琳姐，你和路鸣和好吧！小俊他需要一个完整的家庭。"

李琳戳着碗里的米饭。鹿子俊的母亲是她的亲姐姐，她姐姐去世时，鹿子俊刚好一岁。鹿萌萌哪里能照顾一个一岁的孩子，只好将鹿子俊送到他外婆家。

李琳四年前和路鸣分开，从母亲那里领养了三岁的鹿子俊。她想替姐姐照顾好这个可怜的孩子，也想弥补自己失去孩子的遗憾。

她本来子宫壁偏薄，再加上意外流产，很难有机会再做妈妈了。

那时李米恩发现了她的秘密，间接导致她失去了孩子，她多少心有不甘。那件事情发生没几日，她就离开了阜城。

跟她相好的老外答应给她开一个工作室，让她实现梦想，条件是她必须放弃路鸣，跟着他。在梦想和爱情之间，她毅然选择了前者。两年后，工作室步入正轨。老外却因为酗酒意外死亡，正牌妻子将他的骨灰运回荷兰。她得到了工作室，其余财产丝毫未拿。

从那以后，她的人生除了照顾好鹿子俊便是经营好森林工作室。这个工作室是用她的爱情换来的。

我们都曾自私过，为了虚幻的财富，为了保护自己，而后，我们会发现失去的永远比收获的要多得多。

鹿萌萌找到了路鸣。她希望路鸣能原谅李琳，至少他们依旧在乎对方。

"路鸣，谁都会犯错不是吗？"这句话也是对她自己说的，她也在六年前对凌悠然犯了一个错，她想得到凌悠然的原谅。

路鸣不知道怎么去回应鹿萌萌。感情里的对错，并非一句对不起，一句没关系就能一笔勾销的，但除此之外，还有什么别的办法吗？

良久，他才回答："感情的事没有对错可言，萌萌，我早就原谅她了。"

鹿萌萌露出了欣慰的笑容："路鸣，你和琳姐一定会幸福的。"

路鸣肯定地点头，这一次他不会和四年前一样，面对离别时只会逃避，如今，他会好好抓住等了四年的机会。

"悠然她……"他到现在才发现，凌悠然开朗的外表下，藏着厚重的不安。他几次见凌悠然在公司午睡，醒来时的模样如同困兽一样疲惫。

她也和他说过，她很害怕夜晚，因为一闭上眼睛，总是噩梦缠身。她总是迷迷糊糊地看见，有人拿着怀表在她眼前晃动，对她说："悠然，要忘记，要忘记。"

他以为她只是太过疲惫，还开玩笑地对她说："你啊，就是太累了，别搞得有人催眠你似的。你妈就是催眠师啊！难不成你妈催眠你啦！"

听了他的话，她不相信地摇头笑笑："怎么可能，这么狗血的事情。"

谁会相信自己身边唯一信赖的人会催眠自己呢？

"她不会有事的，悠然很坚强的。"鹿萌萌表情凝重。

她需要勇气，去向凌悠然说明一切，可她隐瞒了六年的事情，还来不及说，便被凌悠然发现了。

5

八月的鸣蝉不再肆无忌惮地大叫，它们提示夏天将要过去了，阜城这时的天气却阴沉得很。

凌悠然手里抱着一簇白菊，一步一步走上台阶，到了苏容笙的墓碑前停下脚步。

"爸，我来了。"她鼓足了多大的勇气才能再次这样叫苏容笙，她蹲下来，摩挲着墓碑上的黑白照片。

"你恨我吗？"

问一个离世的人恨与不恨，无疑是一个没有答案的问题，她抬头问楚慕格："你恨我吗？"

"恨，恨你的冷漠，恨你的懦弱，苏木槿，这一次你还会选择逃避吗？"楚慕格握着她的手，无比真诚地问。

楚慕格来阜城之前，齐思源来找他，把那段视频给他看，轻蔑地对他说："楚慕格，你看见了吗？连一段视频都抵不过的爱情，真是脆弱呢！"

他并不愤怒，反而暗自欢喜，至少他知道了，她离开，不是因为不爱他了。他还有机会，这一次他只盼她能勇敢面对。

"我想去苏宅再看一次奶奶，这个问题回去以后我再回答你。"

凌悠然和楚慕格到苏宅的时候，救护车正停在庭院外的马路上。苏宅的大门敞开，她走进去，看见莫敏正焦急地坐在大厅中，她跑上前握住莫敏的手问："敏姨，这是怎么了？"

莫敏低头抽泣："今天上午十点，我还未见老夫人起床，我以为她是睡懒觉了。我推开房门一看，床边地上一摊血，夫人她割腕自杀了。"

凌悠然跌跌撞撞地跑进苏民莲的房间里，穿着白大褂的医生、护士围在床边，她上前问："医生，我奶奶怎么样了？"

"请小姐节哀顺变，我们来的时候，老夫人已经咽气了。"医生无奈地摇摇头。

地上的血迹，如同七年前一样，刺眼而醒目，她走上前，用颤抖的双手将苏民莲瘦弱的身体抱在怀中："你怎么不等我和你告别，就先离开了呢？"

七年前她杀了苏容笙，七年后又将厄运带给了苏民莲。她好不容易能勇敢地面对那些噩梦，如今苏民莲的死让她又一次感到害怕、无助。

莫敏走上前轻抚着她的背，只听见凌悠然低着头说："都怪我，都怪我，一切都是因为我。"

"小槿，不怪你，夫人她活着也很痛苦，这样挺好的，让她好好休息吧！"莫敏只得好好安慰她。

"不，不，她可以好好活着的，都怪我。如果苏容笙没死，她至少还有活下去的希望。"

楚慕格拉着凌悠然出了房间，轻轻拥她入怀："这都不是你的错，是命。"

"如果谁的错都不是，那你愿意放过我爸吗？"凌悠然推开他，低头一笑。这几天她差点儿忘记了，眼前这个人想要让凌泽永远老死牢狱。

一瞬间的亲昵，又被冷漠取代，她说："慕格，你回去吧！米恩还在等你。"

那座城市，还有人等待他们归去。离开阜城，他们不过又回到凌悠然和楚慕格的生活，苏木槿将不复存在。

苏民莲的葬礼没有苏木槿想象中那么凄凉，反倒是热闹得很。阜城四周的人来了不少，为曾经在阜城风光一时的苏校长送行。

木棺前堆满了白菊，凌悠然穿着黑色的针织裙站在旁边，对每一个来祭奠的人都只是生硬地鞠躬，表示感谢。

楚慕格在一旁协助莫敏料理后事，凌悠然假装看不见。

"小槿啊！节哀，你能回来为苏校长办理后事，她一定很欣慰的。"李米恩的父亲和蔼地笑着，她对他的印象很深，苏民莲的得意门生，每逢过年过节都会来苏家探望苏民莲。

她猜想李米恩应该也来了，果然，一转身便看见李米恩向她走过来。李米恩的语气不似原先那么尖锐："苏木槿，一切都会变好的。"

她浅笑，这是苏木槿和李米恩时隔七年第一次见面，比最初多了几分暖意。

凌悠然将苏民莲和苏容笙葬在一块。葬礼结束，阜城也一洗往日的阴沉，迎来了"秋老虎"，天气炎热得让人随时会中暑。

按照苏民莲的遗嘱，所有的财产都归在她的名下，遗嘱上的字句是冰冷的，那一大笔财产让她内心更加沉重。

她给了莫敏一大笔钱，让她离开苏宅，又以苏民莲的名义将剩余财产捐给了阜城的孤儿院，只留下苏家老宅。

第二天，她将院内的木槿树全部砍掉了，挥动着黑色锄头，在庭院里种下合欢树。

楚慕格站在身后问她："什么时候想回去？"

"慕格，你走吧！不要再管我了。"她冷冷地说出这句话，继续自己手里的活。

楚慕格握住她的手臂将她拉起来，双手捧着她的脸颊，还不等她说话，他的吻便落在她的唇上，温柔似水。

站在庭院铁门外的李米恩看到这一幕，握紧手中的拳头，心中的恶魔又开始叫嚣，凭什么苏木槿什么都没有了，还能拥有楚慕格。她双手擦拭着自己眼角的泪，转身离开，十年的等待，她还是没有等来楚慕格的爱。

凌悠然贪婪地享受着这个吻，这个吻结束以后，她便是凌悠然了。昨夜她想了很多，回到凌悠然的生活才是她最好的选择。

她的余光瞥见了站在一旁的李米恩。

李米恩等了楚慕格十年,她有权利去享受楚慕格余生所有的温柔。

而她凌悠然哪有资格去享受他的温柔。

凌悠然推开楚慕格,将右手的钻戒亮给他看:"回去以后,我会和黎浅南结婚,你的心里不要藏着苏木槿了。"

楚慕格早知道黎浅南和她已经订婚了,如果没有他参与进来,说不定两人已经跨入婚姻的殿堂了。

"楚慕格,回到最初的位置,对你,对我,对所有人都是最好的选择。"他们不再是十七八岁的少男少女,不能再想做什么就做什么,考虑更多的应该是周围人的感受和自己所承担的责任。

"好,我答应你。"楚慕格懂凌悠然的取舍,懂凌悠然的抉择。

他转身离开,或许他们之间早在七年前就真的结束了吧!

凌悠然看着楚慕格的车淡出自己的视线。在阜城,楚慕格是她唯一美好的记忆,如今,阜城再没有什么值得留恋了。

她对自己说:"不要伤心,我会很幸福的。"

凌悠然在阜城待了几日,为刚刚种下的合欢树浇水施肥,将苏宅打理干净。

她背上白色的帆布包,在阜城,并没有多少东西可以让她带走,她用崭新的铜锁将苏宅的铁门锁住。

"苏木槿,再见。"

第八章

瘟　疫 >>

1

罗玉芬打开家门，凌悠然满脸疲惫地站在门外，她抚上女儿消瘦的脸颊心疼地说："怎么瘦了这么多。"

凌悠然浅笑，摇摇头："有一点儿累。"

她走进房里，坐在沙发上问："爸怎么样了？"

"那孩子放过你爸了。"罗玉芬倒了一杯温水递给凌悠然，"浅南说你爸还得过几天才可以出院。"

"嗯。"凌悠然点头，她还是没有原谅父母，说话的语气冷漠得很。当她转头看到罗玉芬一脸难过时，又有些心软，她握住母亲的双手："妈，都过去了。"

罗玉芬听了女儿的话，瞬间放下心来，她默默抹去眼角的泪："对，对，都过去了，过去了。"

"浅南他……"她什么都没对他说，就那么走了，他现在知道了一切，会原谅她，会谅解她吗？

"什么都没问，也没问你去哪里了，在医院的时候，也只是说了你爸的情况。"

连问都没有问吗？是相信她？还是并不那么在乎呢？

如果不是听见门外助理喊了一声"悠然姐，来找黎医生啊"，黎浅南全然不知她在门外究竟站了多久。

他拉住凌悠然的手腕，声音如同往常一样温暖："进来吧！你还准备站多久？"

"怕打扰黎医生的工作呀！"

看到她脸上露出的调皮劲，黎浅南有些心疼，她在他的面前还是装成了那个开朗的凌悠然。

"身体还好吗？生病了没？有没有哪里疼？"他其实是想问她心里疼不疼，还想问她回去了没有，更想问她和楚慕格现在关系如何了。

凌悠然认真地回答他："哪儿都不疼，回了趟阜城，那里的一切都过去了，我回来了。"

他眼里的担忧告诉她，他还是凌悠然的黎浅南，一切都没有改变。

他伸手抚摩她的头，将她抱入怀中："回来就好。"

无论经历过什么，他们之间的感情还是这样波澜不惊，平稳得让人难以相信。

这天夜里，凌悠然安静地躺在黎浅南的怀里，讲述她年少时的生活。

"那天的楚慕格像个勇士一样保护我，第一次看见那样的笑容，和冬日暖阳一样，温暖着我。李米恩比我喜欢他更早，付出的更多，我真的是一个很软弱的人，只会逃避。看见齐思源的时候，我真的很害怕他，他的那双眼睛像极了我，眼里充满孤独、冷漠和恐惧。"凌悠然将这些一一告诉了黎浅南。

黎浅南拨开她额前的碎发，轻吻她的额头："不要害怕，凌悠然。"

他们都已经是成年人了，不管年少时那段感情如何，他们都会懂得去舍弃。黎浅南很能理解凌悠然，凌悠然离开的那些年，他和杨梦迪也有过不深不浅的一年感情。

而他现在只想将这一辈子给怀里这个人。

这一夜，凌悠然睡得安详。

第二日一早，她是被路鸣的电话叫醒的。

凌悠然去咖啡厅见路鸣的时候，他怀里抱着的小男孩让她不禁问道："这孩子是谁？"

还未等路鸣开口，鹿子俊双手叉腰牛气十足地说："我是路鸣的儿子，我叫鹿子俊。"

她吓得睁大双眼。鹿子俊见鹿萌萌走了进来，从路鸣身上跳下来，拉着鹿萌萌的手，热心地给凌悠然介绍："漂亮姐姐，这是我姑姑，是个大模特！"

鹿子俊的话惹得凌悠然大笑，鹿萌萌不满地轻哼："什么漂亮姐姐，和姑姑一个辈的，要叫阿姨的。"

鹿子俊嚷嚷要吃奶油蛋糕，路鸣带着他走出了咖啡厅，鹿萌萌将李琳和路鸣重新走到一起的事告诉了凌悠然。

"天啊！鹿萌萌你真是个侠女！"

两人谁也没提那些不愉快，还是像往常一样开着玩笑，鹿萌萌本来想对凌悠然坦白一些事情的，可是这么好的气氛，她不忍心破坏。

咖啡厅一角的液晶电视正放着午时的娱乐新闻，一条偌大的标题让凌悠然目不转睛地盯着屏幕——

"MG 集团总裁楚慕格与一线女星李米恩对外宣布好消息，两人将在不久后完婚。"

多么刺眼的标题。

屏幕里的两人站在一起真的好般配，她第一次看见李米恩那么幸福的模样，她隔着屏幕祝福："你们一定会幸福的。"

"我们也会幸福的！"鹿萌萌将脸凑近她的面前，她点头，笑得眼睛眯成了一条缝。

凌悠然终于鼓足了勇气接受一切，将楚慕格埋葬在心底的角落里。她再也不需要用催眠来忘记过去了，成长会告诉我们怎么去释怀。

2

凌悠然如期回到工作室报到，一上班，工作室的姑娘们和娱乐八卦记者一样追着她："唉，悠然，那个……你师傅什么时候和李总在一块的啊？"

"听说儿子都有了呢！"

"哎呀，我早就看出来路摄影师和李总有猫腻了。"

路鸣和李琳直接宣布领证结婚，婚礼都没举行就带着鹿子俊去马尔代夫开始了一家三口的甜蜜游。

凌悠然听着女生们喋喋不休的声音，无奈地翻了个白眼："姑娘们，咱们还是好好工作吧！"

"哦！请了一段时间假的凌悠然变了呢！"

"莫老师，我变了吗？是变漂亮了吗？"凌悠然转过身来，莫老师正喝着咖啡。

"变可怕了呢！"莫老师做了一个非常害怕的表情，惹得整个工作室的人都大笑了起来，凌悠然也跟着笑了起来。

她的笑还没停下，便听见了杨梦迪的声音。

"凌悠然，快来我办公室，速度。"

邻桌的同事在她背后说："自求多福。"

看见凌悠然走进来，杨梦迪将一大把资料丢在她面前："在你师傅没回来之前，你就是我的助理。"

杨梦迪也不管凌悠然反应如何，把那些资料在她面前翻来翻去，嘴里满是抱怨："看路鸣做的好事，春天百货商场封面拍摄要进行了，还有那个浅米的二期拍摄。现在全部落在我身上了，他倒是好，度蜜月去了。"

凌悠然此刻觉得嘟嘴抱怨的杨梦迪，倒是可爱得很，她接过资料，做了个加油的动作："我们可以的。"

"谁和你是我们啊！"杨梦迪嫌弃地说，桌上的手机突然响了起来。

她接起电话，声音立马变得柔和。

"亲爱的，嗯，可以啊！就约在那里吃晚饭吧！"恋爱中女生娇媚的声音。

杨梦迪挂断电话，凌悠然指了指她的手机："男朋友吗？什么时候谈的啊？"

"凌助理，你现在这么闲吗？还不赶快去给我确认这些拍摄的日期和相关事宜。"杨梦迪假装发火的模样，让凌悠然不禁低头笑了笑。

"好的。"看样子杨梦迪已经放下她和黎浅南的那段感情了。她们之间的关系变得微妙，好像不再讨厌对方，那是什么感觉呢？

这就是她的生活啊！凌悠然的生活。

下了班，凌悠然到医院时，黎浅南正在给凌泽做检查，她悄悄地站在了他的身后："黎医生，我爸身体怎么样了呢？"

“啊！病人家属来了呀！病人身体恢复得差不多了，明天就能出院了。”两人一唱一和，引来凌泽的开心大笑。

“孩子，收起你眼里泛着的桃花吧！黎医生有未婚妻了。”她推了推在黎浅南身边的小护士。

小护士被她一推不好意思地抓抓头，小声嘀咕着：“被发现了。”

黎浅南和护士都离开了病房，凌悠然削着苹果：“爸，出了院，我们去旅行吧！”

“好，我女儿想去哪里呢？”

“爸，我们去阜城吧！我在那里有一套房子。”凌悠然笑得前排牙齿都露了出来。过了一会儿，她突然哽咽地说，“去看看慕格的父亲吧！”

她能想象楚慕格每每独自一人站在楚豪墓碑前的模样，他下了多大的决心，才能把父亲的死亡当作一场意外，才能放下对凌泽的仇恨。

终归，她欠楚慕格的是还不清了。

入秋以来，整个城市的树叶渐渐变黄，凌悠然穿着长款针织衫走在下班的路上，黎浅南的车停在她的面前。

“为什么不打电话，是惊喜吗？”

“惊喜在后面。”黎浅南指了指后备厢，示意她去打开。

如同偶像剧一样庸俗的剧情，打开后备厢，一大束气球冒了出来，他捧着一束花出现在她的面前，递出戒指说：“凌悠然，嫁给我吧！”

“俗人。”凌悠然不满地噘着嘴，剧情实在太老套了，原来不是所有求婚都是别具一格的。

她伸出右手，黎浅南将那枚订婚戒指摘了下来，戴上了结婚戒指，他双手搂着她的腰：“以后，可以对护士说，黎医生有妻子了。”

“是，遵命。”她大笑着扑进他的怀里，马路上的绿灯亮起，行人向他们这边走来。

齐思源很喜欢看凌悠然笑，像个孩子一样，眼睛眯起来像月牙。那是他一直想要拥有的笑容，哪怕是短暂的一秒钟也好。

他坐在车内，视线落在黎浅南和凌悠然的身上，他们幸福的模样，让他的心隐隐作痛。

年少时，苏木槿的眼里只有楚慕格。

而现在，凌悠然的眼里只有黎浅南。

总之，她的视线里从来都没有他。

他一直像一个生活在黑暗中的怪兽一般，他在乎的人从来都不关心他。

他每年盼着除夕，希望能见父亲一面，父亲却早已在外面有了家庭，还有一个比他更好的儿子。他想要母亲好好爱他，母亲却因为父亲跳楼自杀，对他没有任何留恋。

他遇见了苏木槿，他平生第一次想去爱护的人，可她对他只有冷漠。

所以他告诉自己，如果他得不到她的爱，他要让所有人都得不到。如果他生病了，他希望所有人都陪着他一起生病。

3

春天百货的拍摄进行得很顺利。拍摄结束后，凌悠然托同事把相机带回工作室。这段时间，她累坏了，要将路鸣留下来的工作全部做完，还要忙着准备婚礼。

果然路鸣和李琳的做法是正确的，索性不办婚礼，省掉了很多麻烦事。酒店、请帖，连桌上摆的糖果她都要操心，还有挑婚纱、拍婚纱照。

凌悠然走到商场一楼，正准备打电话给鹿萌萌的时候，看见一个穿着黑色夹克的男子。

她向那人招手，对他大喊："慕格，楚慕格。"

楚慕格向她的方向走了过来。

"你怎么会来这里？"凌悠然揣摩着他的来意，楚慕格可不像会独自出来逛商场的男人。

他倒也诚实，直接回答："来找你。"

两人随便找了个商场的茶饮店坐着，楚慕格给凌悠然点了一杯黑咖啡，人的习惯无论过了多少年都不会变的。

"真的要和黎浅南结婚吗？"

她只是轻轻点头，他接着说："现在不行。"

"我听不懂你的意思。"

"齐思源和黎浅南是什么关系，你觉得他会让你们好好结婚吗？"到现在楚慕格还在为她着想，他还是想要好好保护她。

凌悠然低头搅拌着杯里的咖啡，想起昨日李米恩和她的对话——

"这十年里，我从来没有一天停止过爱他。他在监狱那三年，我给了他多大勇气，你不知道。而后那些日子里，我都在他的身边，可是，你不在。"

李米恩的爱情是卑微的，十年来，她将所有的感情都付诸楚慕格。

而她凌悠然明明就是一个罪人，有什么资格突然出现，宣称要夺走楚慕格呢！她不曾想过，也不敢去想。

她问李米恩："您想让我怎么做？"

"我只希望你不要让他再插手你的任何事情了，可以吗？"那么骄傲的李米恩，几乎是用乞求的语气对她说。

凌悠然望着在她面前的楚慕格，幽幽地说："七年前，让你替我去承担罪名，很对不起。因为我，你爸意外去世，很对不起。你能原谅我爸……你现在对我说的每一句话都让我觉得对不起你。"这个世间，她亏欠最多的就是眼前这个人。

"不要觉得对不起，我只希望你得到真正的幸福。"楚慕格坦诚地说，他想过如果给她幸福的人不是他，他还是想竭尽全力地让她幸福。

"那都是我的事了，慕格。"楚慕格越是对她好，她亏欠他的就越多。

两人沉默了好一会儿，桌上的咖啡都凉了，楚慕格先开口："苏木槿，帮我完成一个愿望吧，最后一次。"

最后一次打扰你的生活，最后一次把你当作苏木槿，他暗自下定决心。

凌悠然站在婚纱店外，她的影子映在橱窗上，楚慕格偏过头说："进去吧！"

这是一家私人订制婚纱店，装修很是朴素，但店内模特身上的婚纱，一看就做工精致。

"还记得吗？我们的约定。"

阜城二月的天气依旧很寒冷，楚慕格和苏木槿穿着厚重的大棉袄在步行街里走着，手里捧着刚烤好的热红薯。

苏木槿在一家婚纱店外停了下来，指着模特身上的婚纱问他："漂亮吗？"

楚慕格的下巴搁在她的肩上，很认真地对她说："我们结婚那天，我给你买比这还漂亮的婚纱。"

"也许我结婚的时候新郎不是你，你还会给我买婚纱吗？"

"绝对不会发生这样的事情，我可是一辈子不会变心的！"那时楚慕格天真的模样，那么可爱。

"可是，我们会长大。"十七岁的苏木槿想得比同龄人更多，说话也更现实。

"不管以后你嫁给谁，我都会为你买婚纱的。"十八岁的楚慕格，双眼像湖水一样清澈，苏木槿在那湖水里只看见了自己的身影。

七年的时间过去了，她还是在他眼里看见了自己的身影。

白色抹胸婚纱穿在凌悠然纤细的身上，婚纱左侧绣上去的白色羽毛栩栩如生，裙摆处点缀着蕾丝花边，很适合她的甜美模样。

她乌黑的秀发披在肩上，没有化妆，楚慕格依旧觉得此刻的她很漂亮。

凌悠然的脸颊微微泛起红晕，她轻声问："怎么样？"

"世上最美的新娘。"可惜不会是他的新娘。

看见他眼眶泛红，她立马装作很欢快的模样："那当然了，我凌悠然的颜值何其高！"

"新娘真爱开玩笑，楚先生好福气啊，有一个太阳般的妻子。"一旁的店长投来羡慕的目光，"婚纱制作的时候，是按照楚先生给的尺寸，没想到新娘还更瘦呢！腰部和肩部还需要修改，大概两天之后送到府上如何？"

"好！"凌悠然爽快地回答。她将家里的地址留下，去换衣服的时候，在楚慕格耳旁轻声说："原来，你觉得我这么胖啊！"

楚慕格抿嘴轻笑，这个时候，她还可以开玩笑，是让他放心吗？

凌悠然从试衣间出来的时候，楚慕格已经不在店内了。

她收到一条短信，是他发来的——"有事，先走了，你结婚的时候，绝对不要给我发请帖，我拒绝参加前任的婚礼。"

她和楚慕格的故事，最后就是变成了前任而已。

或许，电影还未落幕。

4

在黎家吃饭，气氛显得很压抑，大家各怀心事，凌悠然第一次看到龚文娜和齐思源正面交锋。

"思源啊，你也老大不小了，别老和那些模特混在一起，这样怎么经营得好黎氏。"龚文娜面带和蔼的笑容，话里却是字字针对齐思源。

"这就不劳阿姨您操心了，私事和公事我还是分得清的。"齐思源说话的时候，余光瞟了一眼凌悠然，她自然知道龚文娜说的模特就是鹿萌萌。

"你爸现在身体也不如以前了，你哥又不管公司的事情，以后董事会的事情都要经过我这一边了，你得好好做了。"在凌悠然听来，龚文娜的话倒更像暗地威胁。

哪个女人能像龚文娜一样，在一个男人的背后无名无分待上那么多年？黎永生的身边自然不乏女人出现，聪明的、美貌的，龚文娜都能一一铲除，可见她的心思缜密得可怕。

她不仅要抓住黎永生，更要抓住黎氏，黎浅南不从商，齐思源又总惹父亲生气，自然她的机会最大了。

凌悠然倒是明白了，放着黎氏这么大的产业，龚文娜居然能支持儿子好好学医，不过是为了自己一己私欲而已。她大概是想，反正儿子没有经商想法，她又何必强求，还不如自己把持黎氏的产业，她对齐思源并不像黎永生说的那样大度吧！

"妈，吃饭就不要说工作的事情了。"黎浅南往龚文娜的碗里夹菜。

黎永生也附和说:"好好吃饭吧!悠然好不容易来一趟,眼下他们的婚事才最重要。"

"可不是,哥你结婚的时候我一定送上一份好礼。"齐思源意味深长地看了一眼凌悠然。

她的手忽然一抖,筷子直接掉在地上,她为自己的失礼向长辈低头道歉。黎浅南起身从旁边重新拿了双筷子给她。

凌悠然艰难地吃完了这一顿晚饭。

黎浅南吃完晚饭,临时有事去了医院。

从黎家出来,凌悠然知道齐思源一定会跟着她,索性不着急回家,漫无目的地走在路边,秋夜的凉意让她裹紧风衣。她坐在木制长椅上,齐思源直接坐在了她的身边,她抬头望着他:"说吧!这次准备怎么威胁我?"

"我需要黎浅南把他在黎氏的股份转到我手上,合同我已经准备好了,让他按上指纹就好了。"

"如果我拒绝呢?"她早就想好,如果齐思源用视频来威胁她,她准备置之不理。现在不管如何,她的身份是凌悠然,苏木槿早就被当作失踪人口,没有人再次起诉,苏容笙的死警察也不愿翻案。

"我可以在24小时内,让鹿萌萌的模特生涯结束,毁掉她的人生。"

"你不知道她爱你吗?"

"你呢,不知道我爱你吗?"

"我不要你那病态的爱情。"

他是个病入膏肓的人,这世上唯一能救他的人,是他自己。

齐思源告诉她自己手里有鹿萌萌的艳照。凌悠然心想,鹿萌萌知道吗?这些照片真的流出去,自尊心那么强的鹿萌萌会疯了吧!她怎么能让这样的事情发生呢?

七年前，因为齐思源的威胁，她放开了楚慕格。

如今，她要放开黎浅南吗？

她愤怒地抓着他的外套："我七年前杀的怎么不是你？"不管多么愤怒，她都不会让七年前的事情再发生在自己的身上，凌悠然的双手应该是干干净净，不沾任何血迹的。

"现在，你可没有任何杀我的机会了。"齐思源带着邪魅的笑容摇着头，瞬间变得严肃，"苏木槿，我要你看着，你想要去爱的人都会葬送在你的手里。我是个病态的孩子，我也要你和我一样。你自己发的誓言，苏木槿这一辈子，怨恨缠身，孤独至死。"

长椅上只剩下凌悠然一个人，那份合同躺在她的身旁，她脑海里闪过鹿萌萌像孩子一样的笑脸。

她拨通鹿萌萌的电话，那头传来嘿嘿的笑声："比鹿萌萌晚睡的凌悠然啊！"

"是为了钱才接近我的吗？"

鹿萌萌刚从浴室出来，头发还在滴水，水滴在她的皮肤上，真的好凉，凉到心底了。她微微愣住，看样子凌悠然知道了。

其实想想，她也没有做多大的恶事啊，不过是把她的一举一动报告给齐思源而已。

"对不起，那个时候发生了太多事情，爸的钱要还，哥嫂的事故没人调查。"鹿萌萌说着说着，开始低声抽泣。

"那个时候很辛苦，不知道怎么办，齐思源的出现是我唯一的救命稻草。可是凌悠然……我是真的拿你当朋友的……我从来没想过欺骗你。"哭声越来越大，鹿萌萌说话的时候也是断断续续的。

鹿萌萌没有想过会和凌悠然成为真正的朋友，更没有想过会爱上齐思源。

凌悠然才知道，这些年，她所知道的关于鹿萌萌的一切，除了父亲的赌债是真实的，其余的都是假的。

听见鹿萌萌的哭声，她轻声说："不要哭了，我现在抱不到你。"

鹿萌萌听了这句话，哭得更凶了。凌悠然把电话挂了，这个时候，她们都需要静一静。

秘密戳穿后，我们会难过，可我们还是要勇敢不是吗？

凌晨的街道上，凌悠然抱着自己的双膝，她的耳旁一直响起鹿萌萌的哭声，还有那句——"我诅咒苏木槿，这一辈子，怨恨缠身，孤独至死。"

5

黎浅南一打开门，就看见凌悠然手里提着两袋啤酒，他皱着眉头问："怎么了，心情不好？"

"不是啊！就是突然想喝酒了。"凌悠然笑嘻嘻地说。

黎浅南无奈地摇摇头，凌悠然走进房里，盘腿坐在地毯上。

"啊！忘记买下酒菜了。"凌悠然将啤酒一罐罐拿出来的时候，才意识到除了酒她什么都没买。

"直接喝吧！"黎浅南帅气地打开一罐酒。

"好啊！来吧！"

想象一下，一对即将步入婚礼殿堂的恋人坐在地毯上猜拳喝酒的模样，多幸福的景象啊！

两人聊着一些有的没的，酒一罐一罐地往肚子里灌。

"黎浅南，要是你们医院的小护士看见你这样，还会喜欢你吗？"凌悠然脸颊通红，仰头大笑着。一贯温文尔雅的黎医生，喝起酒来，竟然完全没有绅士风度，像个小孩一样傻笑着。

黎浅南已经喝得七八分醉了，他搂着她的肩傻笑着问："悠然，你喜欢我多点儿还是喜欢楚慕格多点儿？"

只有小孩子才会问这样的问题，喜欢谁多点儿的问题。

如果没有恢复记忆，凌悠然肯定是喜欢黎浅南多一点儿的，她会把黎浅南排在人生第一位。

"你……"

黎浅南知道她在撒谎。会撒谎的人一定会看对方的眼睛，而她的目光是对着那漆黑的夜空的。

河洲头的烟花突然在夜空中璀璨地绽放，再过几天便是中秋了，每年中秋，河洲头都会放上一个礼拜的烟花，今天是第一天。

那么美的烟花把凌悠然和黎浅南的目光吸引了过去。

凌悠然望着天空，微微有些感动。

她记得认识楚慕格第一年的小年夜，楚慕格偷偷带着她去阜城的小河边放烟花。那个时候，她很没出息地在自己点燃烟花时，吓得蹲在地上不敢动弹。

楚慕格在一旁还嘲笑她："苏木槿，你就那点儿出息。"

他拉着她离烟花远一点儿。她看着楚慕格的笑容，听见自己内心如同烟花爆开的声音，刺激而美妙。

那天晚上回去，苏民莲罚她跪了一晚上，苏容笙很气愤地扇了她一巴掌，警告她，再和楚慕格出去，他就打死她。

受到那么吓人的恐吓，还要一个人跪在大厅内，她却不像曾经那么害怕，只要想起楚慕格笑的模样，她便觉得安心。

苏木槿这辈子做过最勇敢的事情，就是没有畏惧地牵起了楚慕格的手。

凌悠然对黎浅南举起酒杯："黎医生，干杯！"

黎浅南摇晃着身体："我怎么从来不知道你酒量这么好呢？"

凌悠然调皮地摸了摸他额前的刘海："黎医生，睡吧，晚安。"

黎浅南最终倒在了她的怀里。

黎浅南喝醉了，空中的烟花也灭了。

凌悠然费了好大的劲将黎浅南拖到沙发上，从包里拿出前天齐思源给她的合同。

"或许我真的要孤独此生了吧！"凌悠然将黎浅南的大拇指放在印泥上。她仔细看过合同了，除了转让股份，其余对黎浅南没有任何不利。

她怎么能看着鹿萌萌被那些照片摧毁，齐思源答应她，合同给他，他就把那些照片全部删除。

齐思源的那句话说得那么真诚："我不想再伤害她了，你让她好好生活吧！"

她坐在地毯上，身体靠在沙发上，将几罐还未开封的酒喝了下去。

她现在拿黎浅南的信任换鹿萌萌离开齐思源的机会，那么她就一定会幸福吗？

烟花闪过的黑夜，还是如此漆黑，她靠在黎浅南的身旁，沉沉睡去。

黎浅南迷迷糊糊醒来的时候，听见厨房传来响声。他从沙发上爬起来，揉着自己的太阳穴，走进厨房，从身后抱住了凌悠然。

凌悠然吓了一跳，差点儿把煎鸡蛋的平底锅打翻了，他的声音在她耳旁响起："怎么，做亏心事了？"

"才没有呢！"她镇定地回答。

"昨天把本医生灌醉，是不是想劫色？"黎浅南吻着她的耳根，她整张脸瞬间变得通红。

"谁知道你醉成一摊烂泥，哪有机会！"

"现在给你机会。"他将燃气关了，右手抵在她的下巴处，用热烈的吻封住那张欲言的嘴，昨晚还未消失的酒味弥漫在两人的唇间。

中午，凌悠然约了齐思源见面，经过上次她已经学聪明了，自然选择人多的咖啡厅来碰面。

她穿着黑色的皮外套，低着头，将包里的渔夫帽戴在头上，就算有熟人来也不认得她是谁了。

"你是特工吗？"齐思源站在她的面前，直接将她头顶的帽子扯了下来，扔在桌上。

"合同，把硬盘给我。"她将合同推到齐思源的面前。

齐思源是生意人，自然懂得一手给钱，一手给货，他拿出口袋里的硬盘递给她。

"没有留备份吧？"

"没有。"

"我要你发誓。"

"你不相信我？"

"是。"凌悠然坚定地回答，完全不管他脸上沉重的表情。

"你要我发什么誓？"

"我要你说：我齐思源发誓，鹿萌萌的照片绝不留任何备份，如有违背，我和苏木槿将永坠十八层地狱，不得好死。"

齐思源半眯着眼睛，咬着牙将这段话一个字一个字说出来。

凌悠然拿过他手中的硬盘，露出胜利者的笑容："我们现在的生命可是一体的了，你是不是应该很开心？"

她潇洒地走出咖啡厅，在窗前站了一会儿，隔着玻璃对他说："这一次，是我赢了呢！"

齐思源听不见她说什么，只是她脸上的笑容，让他内心惶恐，他却不能说出这份惶恐从哪里来。

凌悠然将硬盘销毁，这个秘密会被永远地封存了吧！她对自己说："苏木槿，恭喜你，这一次你赢了。"

昨晚，她准备拿黎浅南的大拇指按在合同上时，缩回了手，用自己的大拇指按了上去。

她在赌，赌齐思源知道她害怕，会毫不怀疑地相信她，她还赌，齐思源会如约将硬盘给她。

刚刚看见齐思源发誓的模样时，她知道她赌赢了。

第九章

余 生 >>

1

办公桌前，凌悠然起身，伸了一个大懒腰，看了看手表，已经快下午一点了。对着电脑从早上忙到现在，屁股都没挪开过椅子，要不是肚子"咕咕"地提醒着，她恐怕还会继续埋头苦干下去。

"赶快吃吧！别饿晕了，没人给我干活。"她一抬头，杨梦迪将一袋外卖放在她的桌上。

她莞尔一笑："谢谢杨摄影师请客了。"

杨梦迪摆弄着自己昨天新做的发型，假装不屑地说："我才不会请你吃饭，是我们中午点多了，不想浪费。"

看样子，她现在的恋人对她很好，杨梦迪这种小孩子气的姑娘，终究是遇见了宠她的人。

"你的不想浪费，拯救了我的肚子。"凌悠然笑呵呵地摸了摸饿了大半天的肚子。

"为了婚假，至于这么拼命吗？巴不得赶快嫁给黎浅南啊？小心婚后碰小三。"杨梦迪嘟囔着，离开办公桌时还不忘甩个白眼给她。

凌悠然打开快餐盒，一股香味袭来，她狼吞虎咽地吃了两口，还没来得及好好咀嚼就被身后的声音吓了一大跳。

"凌悠然。"

"我说，鹿萌萌，你是鬼吗？走路没声音的。"凌悠然吓得赶紧拍着胸脯。

鹿萌萌得意地笑，望了望办公室这会儿没什么人，拉着凌悠然的手说："你过来，我有事问你。"

凌悠然大概也猜到了是什么事，无非是想问她和齐思源之间的事。

还好，路鸣走的时候，为了方便她工作，把他办公室的钥匙给她了，不然在公司里，压根没私人空间。

今天一早，齐思源像皇帝大赦天下一样对鹿萌萌说："鹿萌萌，你自由了。"

"什么？"她不敢相信地望着他。

"你不是想走吗？现在如愿了，你可以走了。"鹿萌萌第一次在齐思源的眼里看见少许的温柔和悲伤。

她想他会说这样的话，大概是因为凌悠然，她问："你们之间做了交易吗？"

"我答应你的事，最后一件，马上就可以做到了。"他避开了她的问话。

她知道齐思源说的最后一件事情，指的是报复黎永生。

他洒脱地离开，她伸手想去抓他的衣角却扑了个空。

她最担心的就是凌悠然为了她，和齐思源做了某些交易。她还来不及平复情绪，就跑到工作室来找凌悠然了。

凌悠然没有和鹿萌萌说实话。因为她极其害怕鹿萌萌会和齐思源说那份合同是假的，她不想看见她在他们二人之间做选择，那是件多残酷的事情。

她们只是稍稍寒暄了几句，鹿萌萌便离开了，谁也没提那晚的事。

几天后，凌悠然陪黎浅南挑礼服，至于婚纱，她做了个很好的解释，鹿萌萌送给她的新婚之礼。

这导致黎浅南挑礼服的时候，兴致一点儿都不高昂，为了让他更加用心地挑礼服，凌悠然也跟着试了两套婚纱。

试第三套婚纱的时候，后背拉链刚拉到一半，她听见黎浅南在试衣间外大骂："你们都是蠢货吗？现在才通知我！"

店员赶快替她拉上拉链，她双手提着婚纱裙摆走出试衣间，见黎浅南皱着眉头，手里紧紧握着手机。

"怎么了？"

"思源他在公司召开变更董事长的会议，公司的秘书刚通知我。"黎浅南长长一声叹息。

齐思源这才拿到合同几天，就这么心急地开始了自己的计划。她无奈地摇摇头，安慰黎浅南："应该不会出什么事，先去公司吧！"

凌悠然跟着黎浅南一起去了黎氏集团，他们到的时候，会议已经开始了。黎浅南愤怒地推开会议室沉重的大门："变更董事长这么大的事情，你们不等我爸回来就召开会议，各位董事，你们真是好大的胆啊！"

凌悠然没想到的是楚慕格也在，他和齐思源的亲密程度远超乎她的想象。他双手十指交握放在桌面上，抬眼望了望她，似乎对这场会议一点儿都不感兴趣。

齐思源邪魅一笑："哥，现在公司最大的股东是我，我有权召开会议。"

黎浅南握紧凌悠然的手，低声在她耳旁说："你先坐到一旁等我。"

她点点头，坐在一旁的沙发上。她还不知道，这场戏是专门演给她看的。

黎浅南坐在会议桌旁，面对齐思源的挑衅，他冷哼一声："你只有黎氏百分之二十的股份而已，怎么会成为最大的股东呢？"

其他董事坐在座位上一言不发，大家都深知这是一场家族战争，他们所要做的就是跟随最后的王者。

这时候，龚文娜身穿墨绿色长裙出现在会议室里。

对于董事长夫人，大家颇为忌惮，纷纷赔起了笑脸。龚文娜优雅地坐在主位上，缓缓开口："思源，你爸爸在法国参加国际金融展会，有什么事，可以跟我说。"

"董事长夫人不是看到了吗？我现在是公司最大的股东，正在召开变更董事长的会议啊！"

"证据呢？凡事是要讲证据的。"

齐思源拿出手里的合同，黎浅南的股份转让书，他自己百分之二十的股份，再加上黎浅南的，远超过黎永生了。

龚文娜接过他手中的合同，忽然大笑，让旁边的秘书拿出另一份合同："思源，你确定合同上的指纹是浅南的吗？浅南的股份早在一个礼拜前就转给我了，现在我才是最大的股东。"

听见龚文娜的话，凌悠然从沙发上站了起来，正好对上齐思源愤怒的眼神。原来黎浅南早就知道那天晚上她找他的企图了，他是故意喝醉的，他在那之前就把股份转给龚文娜了。所以，今天是请她来看戏的吗？

齐思源手里紧紧攥着那份假合同，冷笑着将合同撕成了废纸。拿着已经变为几张废纸的合同径直走到凌悠然的面前，甩在她苍白的脸上，低声在她耳旁说："凌悠然，原来你耍我，不过你好像也被黎浅南耍了嘛！"

凌悠然直直地站在原地，背后一阵凉意。黎浅南向她走来，想牵起她的手，她往后躲了躲，让他扑了个空。

他再次伸出手，握住她的手腕。

她冷冷地看了一眼黎浅南："放手。"

黎浅南松开了手，他后悔了，他不应该去测试凌悠然对他的感情。

2

凌悠然一路狂跑离开黎氏集团的办公大楼，她无力地坐在街边的长椅上，原来黎浅南并不是无条件地相信她。

"我说过，你和黎浅南现在还不能结婚，你为什么就不能等一等呢？"她抬头，是楚慕格。

他知道她和黎浅南已经订好了礼堂，一切准备就绪，很快就要举行婚礼了。

"慕格，不要担心我，更不要插手管我的事。"他的关心，只会让她更加内疚。

黎浅南站在树丛后，看见他们坐在一起，愤怒地握紧了拳头。

那天在黎宅吃完晚饭，他并没有去医院，而是跟着凌悠然。他猜想齐思源会来找她，事情果然不出他所料。

他看到凌悠然接过齐思源手上的股份转让合同时，犹如被打入冰窖一般。在他和鹿萌萌之间，她选择了鹿萌萌。

其实，在那日晚饭之前，母亲曾把他叫去书房，要求他把自己名下百分之二十的股份转让到她的手里，他思考再三，没有答应。

"妈，你想成为黎氏最大的股东？"

"浅南，思源这么多年来真的原谅过你爸爸、原谅过我们吗？你爸对他是有愧疚之意的。如果你爸让思源继承公司，他一定会毁了黎氏的。我不能看着他毁了你爸和我的心血，所以我必须要有很大的筹码。"

他最终拒绝了母亲的请求。只是他没有想到，齐思源想用这样的方法拿到他的股份。他改变了主意，将股份转让给了母亲。他对黎永生的东西一点儿觊觎之意都没有。

他在和凌悠然喝酒时，假装先喝醉了，他酒量怎么会没有她好。凌悠然将他的大拇指按在红色印泥上时，他对她失望至极，如同刚刚凌悠然对他失望至极一样。

只是，闭着眼睛装醉的他没有意识到，最后，凌悠然是将她自己的指纹印在了合同上。

"楚总也是将婚之人，这样和悠然坐在一起，被媒体拍到，难免非议吧！"黎浅南的语气充满了嫉妒和敌意。

见黎浅南走了过来，楚慕格站了起来，语气不似他那么有敌意："黎医生说的是。两位好好聊聊。"

楚慕格转身便走，只听见黎浅南在身后说："希望楚总以后不要再插手悠然的事情了。"

楚慕格停下脚步，站在那里，偏头说："好！"他有好多话想说，最后都没敢说出来，只是轻轻地说了那声"好"。

他很想告诉黎浅南，这个女人是他曾经用生命保护的人，他想一直站在她身旁，可是他没有资格。

凌悠然就那样安静地坐在那里，直到楚慕格走了，才抬起头来，对上黎浅南平静的眼神。

"你现在还有心情听我解释吗？"

黎浅南就是这样，不管发生任何事情他都可以这样平静，他的脸上没有愤怒，也没有哀怨，他波澜不惊的心让她觉得可怕。

"看见我和齐思源交易的时候，你内心也这么平静吗？"这么多年来，她第一次想知道，他是不是无时无刻脸上都是这副平静的模样。

他没有回答，在看见的那一刻，他的内心不平静，可脸上如同看见别人的事情一样，表露出来的是平静。

"黎浅南，我真的很讨厌你这副模样。知道我是苏木槿以后，明明心里很难受，却能平静地接受我；知道楚慕格的事情，明明愤怒得要死，还是这么平静；我都要出卖你了，你居然还能一脸平静。"凌悠然对他低吼，失控地一巴掌扇在他脸上。他微微皱了一下眉头，旋即又恢复平静。

"不是所有事情表露出情绪，就可以解决的。"黎浅南从小就是这样，无论发生什么事情，他脸上的表情都是很平静的。

从来不对任何人发脾气，不会因为太过悲伤的事情而表现出难过，更不会因为开心的事而大笑，只是温和一笑表露自己的情绪。他要表现得隐忍、乖巧、懂事，他要成为一个好儿子，在黎永生面前成为母亲最好的筹码，所以最后他和母亲胜利了。这一次他们还是胜利了，他和母亲在黎永生背后隐忍了将近二十年，才换来现在。他对待任何事情的平静，都只是儿时被迫养成的习惯。

凌悠然呵呵一笑："也是，没有隐忍，何来胜利。"她知道黎浅南经历过什么，在一个见不得光的家庭成长了二十年，只是她不能忍受他将那份平静带进他们的生活。

"悠然，我对你不信任是因为你从未对我坦诚过。"她梦里几次叫楚慕格的名字，用愧疚的声音说对不起。

"是，你不信任我，你以为我会因为萌萌背叛你。可是你知不知道我用了多大的勇气，才把你和萌萌都保全了，可是今天……"她突然发现，他们之间跨不去的鸿沟，不只是楚慕格而已，"我从没想到，你会算计我。"

"今天我只是让你看清楚,齐思源他不可能斗得过我妈,你对他没什么好忌惮的。"黎浅南语气激动,脸上还是平静得如缓缓飘过天空的秋日云朵一样。

"黎浅南,你这个借口,找得真漂亮!"他不过是想拿这件事情来测试他们之间的信任度,不然他早就知道,为什么不告诉她?

黎浅南伸手将她抱在怀里,死死地抱着,不让她动弹半分。她内心突然感到委屈,他的不信任让她真的很委屈。她明明谁都没有去伤害,既保全了他,又保全了鹿萌萌。

她隔着外套一口咬在他的肩膀上,闷声哭了起来。

他忍着疼痛,轻轻抚摩着她的背部:"对不起,这一次我错了,对不起……"

凌悠然推开他,抽噎地说:"不要靠近我,不要。"她有些狼狈地用衣袖擦了擦满脸的泪痕。

黎浅南哪里能懂得凌悠然的心情,她经历了这么多,还能拥有黎浅南,她很庆幸。即使她恢复了记忆,内心某个角落里还有楚慕格,可她知道,黎浅南才是她可以共度一生的人。可现在他对她如此不信任。黎浅南的城府究竟有多深,她不得而知。

3

黎浅南和凌悠然的婚事,因为股份转让这件事,突然停了下来。凌悠然每天都在工作室加班,开始躲着黎浅南。

"你这么疯狂工作下去,小心生病了。"路鸣和李琳刚从马尔代夫度假回来，就看到她这样拼死上班。

"所以说，师傅，你看我这么忙，就不要和我瞎聊天了。"凌悠然一直在电脑上修改着这期杂志的封面，根本没时间抬眼搭理路鸣。

为了让她接下来能好好地听他说话，他直接把电脑的插头给拔了，电脑屏幕一黑，凌悠然的脸也跟着黑了下来。

"你接米恩的婚纱拍摄了？"

"嗯！"她点头，"明天就走。"

"自己的婚礼不着急，倒着急给别人拍婚纱照，你可真是敬业。"他和李琳在马尔代夫旅游时，鹿萌萌将凌悠然和黎浅南准备结婚的事情告诉了他。他正替她欢喜着，回来以后看到的却是这样的情形。

他心里多少有些安慰的是，米恩花了十年的时间，终于等来了她和楚慕格的婚礼。

凌悠然弯腰将电脑的插头再次插好，没好气地说："谢谢师傅夸奖。"

第二天，凌悠然收拾好行李，跟随着婚礼团队一起出境，路鸣跟着她一块去了。

楚慕格和李米恩的身份特殊，所以这次举办婚礼未对外公开，他们在前一天就走 VIP 通道赶往了目的地。

"我说，凌悠然，你就别为昨天的事耿耿于怀了。我可是你师傅，这一次拍摄我给你当助理，你还不开心啊！"一上飞机，路鸣一直叽叽喳喳地说个不停。

凌悠然听到烦了，索性戴上耳机，将歌声调到了最大分贝。

路鸣见她眯着眼睛，完全不理睬他，无奈地说："不要想多了，睡吧！"

飞机穿过云层，凌悠然睁开双眼，清晨的阳光洒在云层之间。她突然想起楚慕格年少时的笑脸，如同这阳光一样耀眼，如今这阳光，不再是属于她的了。

李米恩来找她时，除了拜托她拍婚纱照，还带来了大红色的请帖："小槿，我和慕格就要结婚了。我知道，请你去拍婚纱照，这很残忍，可只有这样，才能断了他与你之间所有的念想。婚礼过后，我们都可以回归各自的生活了，所以我求求你，放过我们所有人吧！"

　　李米恩那句久违的"小槿"，触动了凌悠然的内心。李米恩那么骄傲的人，几乎是用恳求的语气对她说出那段话的。

　　李米恩说的没错，只有这样，事情才可以回到原点。如果不是她，所有人都不会走到这一步。

　　她也曾想过，如果十五岁那年没有遇见楚慕格，她是不是就不会想着从那个黑暗的沼泽里逃出来？是不是就没有后面苏容笙的死亡？或许她会抛弃一切，独自离开阜城，或许她可以提前回到亲生父母身旁。如果真的是这样，她和黎浅南之间，就不会产生那么大的隔阂了。

　　她回想着过往种种，眼泪止不住地流下来。她跟跟跄跄地跑进洗手间，锁上门，蹲在地上，抽泣着。

　　她懊恼地咬着自己的手臂，她从来没有哪一次像现在这样想哭，想大声地哭。

　　她希望哭过之后，可以把她和楚慕格所有的过去、所有有关阜城的记忆、所有的悲伤都一起忘记。她每晚噩梦中的楚慕格，她记忆中温暖的楚慕格都不是她的了，再也不是了。

　　她知道他们都将与别人结婚，这辈子都不会再有相守的机会，没想到，这一天来的时候，她会这么难受。

　　十年时间，他们的爱情无疾而终。

　　无关对错，只是没有敌过命运。

　　路鸣已经在外面敲了很多次门了，他的声音一会儿焦急，一会儿带着安慰："悠然，你出来，有什么事和师傅说好吗？"

凌悠然背着马桶坐在地板上，她的左手腕已经被自己咬出了血，却不知道疼。她听见路鸣的声音，使劲摇头。

真的说出来就好了吗？不会，永远不会。

她此刻才明白，她对黎浅南的感情只是一种习惯。而楚慕格对她而言，则是黑夜里的光。不管她是苏木槿，还是凌悠然，楚慕格的身影都印刻在她脑海里。

路鸣在门外喊了几分钟，没有办法，只好让空姐用钥匙打开了门。

她坐在地上，埋着头，不让路鸣和空姐看见她的眼泪。见到她左腕上的血迹和牙印，路鸣愤怒地一拳打在门上，吓到了一旁的空姐和乘客。

路鸣很不温柔地将凌悠然拉了起来，对她低吼着："凌悠然，如果你真的舍弃了，那你就告诉他，别这么没用地哭！"

凌悠然双手捂着自己的脸，哭得连气都喘不上来，摇着头艰难地说出三个字："不可以……"

谁没有做过爱情的逃兵呢？

成人的感情不再像年少时那样纯粹，因为年纪越大，背负的责任就越重。

楚慕格虽然原谅了凌泽，罗玉芬是绝对不可能让她和楚慕格在一起的，她和黎浅南的婚姻是早在几年前双方父母就已经订好的。

凌悠然推开路鸣，缓缓走到自己的座位上。

路鸣从空姐那里拿过医药箱，默默地给凌悠然的手腕上药。他知道李米恩和楚慕格除了拍婚纱照，还会在岛上举办婚礼，他怕凌悠然接受不了，才以工作为借口，提前来了。

本来今天一早，他看凌悠然只是情绪低落一些，以为她早已放开，欣然接受了。他真的低估了楚慕格对她的影响。

用李米恩的话说就是："楚慕格对于苏木槿来说，是光一样的存在，她怎么会丢了光呢！"

飞机上安静得可怕，谁也不敢去打扰凌悠然，她嘤嘤的哭声在整个机舱里响起。

4

透过舷窗，可以看到小小的岛屿坐落在大海中央，路鸣拿着相机"咔咔"地拍着，摇晃着假装沉睡的凌悠然。

"悠然，你快起来看看，好惊艳的岛屿啊！"

凌悠然缓缓睁开双眼，随着路鸣的目光看向大海中央的岛屿。这就是楚慕格和李米恩要举行婚礼的地方吗？真美啊！

路鸣将相机递给她，示意她也拍几张照片，唯一能治愈她的便是摄影了。她手持相机，认真地拍摄，将整个海域的美景尽收相机中。

水上飞机大概飞行了半个钟头，到达岛屿，岛上微凉的海风和惊人的美景，让人心情愉悦，一扫所有的阴霾。

到达岛屿的时间刚好是下午三时，婚纱拍摄明天进行，整个团队的人纷纷入驻度假村，大家都嚷嚷着要好好玩上一把。

"能在这么舒适、这么美的岛上举行婚礼，真的好幸福啊！悠然姐，我真的超羡慕李米恩！可以嫁给又帅又有钱的楚慕格。"同住的小助理曲诺一进房间就叽叽喳喳地在凌悠然耳边说个不停。

其实，她也很羡慕，其实她一直都羡慕李米恩。

羡慕她那勇敢、不顾一切的性情，苏木槿要是有她一半勇敢就好了。

曲诺扑在床上，看凌悠然叠着衣服："悠然姐，咱们去海边走一圈吧！"

曲诺软磨硬泡，硬是把她给拉了出来。当看到海滨景色美得像一幅画时，她庆幸自己没躲在房里睡大觉。

曲诺欢快地奔向沙滩，迎着潮水，玩得不亦乐乎。凌悠然赤脚踩在细软的沙滩上，海风呼呼地从她耳旁吹过去，她转身看见李米恩穿着性感的比基尼向她走来。

"本来还怕你临阵脱逃呢！"李米恩像开着玩笑一样对她说。

"我们算是冰释前嫌了吗？"她问。

"是。"李米恩诚恳地回答。

李米恩年少时经常针对苏木槿，还联合班里很多同学孤立过她，她的性情本就不讨喜，自然也没人愿意和她亲近。后来因为楚慕格的原因，李米恩慢慢地不再针对她，还出手为她解过几次围。

她望着李米恩的侧脸，想起往事。

高一下半年开学之际，她去食堂的路上撞到了高二某班的学姐，那人气势汹汹地要她道歉赔钱，一群女生将她围住。

她并不答话，只是轻轻撞了一下，不至于摔在水泥路上，更不至于磨破膝盖，这是摆明了要讹她。

"你不就仗着你奶奶是校长吗？就这么目中无人？"苏木槿对同学向来比较冷漠，一副高傲不近人的面孔，再加上她的身份，很多人对她很是厌恶。

"不要把她扯进来，如果你受伤了，我会赔钱给你的。"苏木槿连眼皮都懒得抬，眼睛撇过一旁。

站在旁边的短发女生，用力推她的肩膀，她怀里抱的书掉落在地上，短发女生轻嗤一声："苏木槿，你有什么好高傲的，不就是仗着家里有点儿钱，你奶奶是校长吗？你看你那一脸阴气沉沉，怪不得学校的人都说你是怪人。"

面对这一群女生的嘲讽，她并不在意，对她来说不过是一群无关紧要的人。

她正想弯腰捡起地上那本书，短发女生扯住了她的长发，扯得她头皮生疼。她双眉紧皱着，冷冷地说："放手。"

"不放。"短发女生一副得意扬扬的模样。

她充满寒意的双眼撇过去，分贝加大："给我放手。"

"学姐，你聋了吗？叫你放手没听见啊！"李米恩走来，将短发女生的手腕用力一扭，疼得那人直喊。

"怎么，还想动手？有本事约个地方，放学见。"一群女生围了上来，听见李米恩说的话，留下一句"走着瞧"，落寞离去。

那时的李米恩可是阜城一中出了名的混混女老大，这几个学姐，哪里会是她的对手？

"不要谢我，我要不帮你，楚慕格又得说我了。"李米恩捡起地上的书本，塞回苏木槿的怀里。

"我没想过要谢你，以后不要多管闲事。"那时的苏木槿面对别人的帮助，根本不会去表达内心的情感，只会用冷漠的态度去拒绝。而她内心一直感谢李米恩，直至如今。

"真是讨人厌的家伙！"李米恩经常对她说这句话。

而现在两人的性格大变，李米恩不再骄纵跋扈了，她也不再那么孤独冷漠了。

"明天婚纱照，你可得帮我拍漂亮点儿，我可是大明星。"李米恩丢给凌悠然一罐啤酒，两人同时将啤酒打开，酒花"唰"地冒了出来。

"摄影可是我最在行的了，放心吧！"凌悠然仰头将辛辣的酒液灌入喉中，她对楚慕格的不留恋换来的是昔日期盼许久的温情。

"我当然相信你了。"两人碰杯，互望一眼。

"李米恩，谢谢你这么多年来陪在他身边，也谢谢你对他的一往情深。"

"木槿，嫁给他是我这辈子最大的愿望，你的不留恋，替我完成了愿望。余生，我会将你那部分的深情一起给他，答应我，好好做凌悠然。"

她点头，她一定会做开朗、阳光、幸福的凌悠然。

她们坐在沙滩上，看见落日慢慢落在海平线上，海面被染上了一层红。十年，她们还是第一次这样心平气和地聊天。

所有的和平，都建立在没有嫉妒、没有争夺的前提下。如果再次有了争夺，她们又怎会如此平静地聊天？

路鸣站在远处，看着她们，但愿楚慕格如同苏木槿一样，不再留恋。不然李米恩好不容易安定下来的心，不知道何时会被魔鬼再次侵入。

5

第二天的拍摄先从海边开始进行，李米恩一身雪白的束腰蓬蓬裙，宛如公主一般，她亲昵地挽着楚慕格的手。

楚慕格那身酒红色细格西装外套，衬着黑色的衬衣，气质如同高贵的王子。他浅浅一笑，仿佛将时光定在了十五岁那年。

路鸣推了推凌悠然的手臂："凌摄影师，拍摄可以进行了，造型组那边都弄好了。"

"路助理，麻烦把镜头都准备好啊！"她调皮地对路鸣吐了吐舌头。

路鸣在身后摇着头感叹，这姑娘变得可真快，昨天他还以为她准备哭死在飞机上呢！

"麻烦新郎、新娘脸靠近一点儿！要有那种享受海风吹来的感觉。"

凌悠然拍摄的手法和细微的掌控，都透露出她的专业。谁也没有注意到她握着相机微微发抖的双手。

看见凌悠然一脸从容的模样，楚慕格咧开嘴笑着，配合着她说的每一句话——"新郎要抱着新娘的腰啊！""新郎亲吻新娘的额头，手再贴近一点儿，笑得再温暖一点儿！"

接下来的场景是新郎、新娘站在礁石上，凌悠然连鞋都没脱，捧着相机就往海里跑去。要想把这个场景拍好，人就必须在水稍微深一点儿的地方，从下往上拍摄。

"呀！凌悠然，你小心点儿，等会儿我。"路鸣拉着曲诺跟在凌悠然的后面，他嘱咐着两个女生，"等下如果起浪的话，记得抓着我，不要乱动，知道了吗？"

曲诺乖巧地点头，凌悠然白了他一眼："就那点儿小浪，还能把我卷走不成，大惊小怪。"

"最好让龙王把你卷下去做压寨妃子。"

"那正好，白白捡个妃子当，处死你这刁民。"

李米恩站在礁石上，看着路鸣和凌悠然斗嘴的模样，心底微微有些触痛。他们看起来更像兄妹，她和路鸣好像从未这样亲密地斗过嘴。

凌悠然站的地方，海水已经淹了大半个身子。过一会儿，一个浪打来，她全身都被海水打湿了。

在水里差不多折腾了一个多小时，拍出来的照片效果非常好，路鸣给她竖起大拇指："回头，我让我家亲爱的给你颁个最佳敬业奖。"

"撒狗粮。"她的话刚一说完，连着打了两个喷嚏。俗话说，连打两个喷嚏必定是有人想了。黎浅南已经七八天没有联系她了，她也没去打探过他的消息，他们之间难道开始淡忘彼此了吗？

有时候，凌悠然觉得自己真是个坏人，心里对楚慕格的留恋一直存在，对黎浅南又不能释怀。

半夜，凌悠然到底是发烧了，浑身难受，她哼哼的声音把睡在旁边床上的曲诺吵醒了。

"悠然姐，你这是怎么了啊？额头好烫啊！"曲诺打开灯，看到凌悠然难受的模样，额头烫得和火炉一样，"不会是今天在水里泡久了，感冒了吧！"

"嗯，好像是的。"她轻轻地点头，艰难地从床上爬起来，"小诺，你带感冒药了吗？"

曲诺摇头："我去帮你买药，姐。"

她拉着曲诺的手，轻咳了几声："我和你一起去吧！这大半夜的。"

两人套了件外套就出了房间，岛上的度假村客房都是独栋别墅，安静的走廊上亮着微弱的灯光，向外一看，一片漆黑。

转角的黑影把她们吓得叫了起来，曲诺闭紧眼睛揪着凌悠然的外套大喊："啊！悠然姐，鬼，鬼啊！"

楚慕格穿着浅灰色的休闲衫，直直地站在那里。他一晚上翻来覆去就是睡不着，刚打开门想出来透透气，没想到遇上了凌悠然。

"这么晚不睡，去哪里？"

曲诺听见了声音，才抬起头，这不是她的梦中情人——帅气多金的新郎官楚慕格嘛！

凌悠然扶着走廊上的圆柱，吸了吸鼻子，从容地回答："给你拍婚纱照感冒了，想去药店买药。"

"岛上哪来的药店，度假村管理处有，我陪你去拿吧！"楚慕格顺手拉过凌悠然扶在圆柱上的手，凌悠然挣扎了两下，他又再次抓住她的手腕，"生病了，就别矫情了。"

凌悠然狠狠地瞪了他一眼，曲诺站在一旁，看他们两个人熟络的模样，像是认识已久了。凌悠然自然是看出了她脸上那暧昧的小表情，伸出手指戳了戳她的额头："想什么呢？我们是高中同学。"

"啊！"这个消息更让曲诺吃惊。

"我和小诺去就可以了，楚总就好好休息吧！"

"你英语好吗？这里的人只听得懂英语。"

"我英语比你好。"凌悠然瞟了他一眼，天晓得楚慕格读书时的英语有多差，一到十的英语单词他都背不出来，别说写了。

当看见楚慕格用一口流利的英语和服务员交谈时，凌悠然震惊地问："你什么时候英语这么好了？我怎么不知道？"

"你不知道的事多了去了。"楚慕格单手扶着虚弱的凌悠然，见她突然沉默，他开玩笑似的说，"你大学肯定没好好读书吧！"

凌悠然抬头，她大学的时候确实没有好好读书，没几科好好学过。她真想不明白苏木槿以前怎么会是个学霸。

"药给你，我走了，好好吃药，别踢被子了，明天不舒服记得告诉我……或者路鸣。"楚慕格将药塞进她的手里。

"你真是比我妈还啰唆。"

楚慕格无奈地笑了笑，松开她的肩，将她推到曲诺的身旁便离开了。

两个人说话倒是如同故人一般，在外人的眼里有着莫名的亲昵和熟悉。

痛哭后的我们，真的会释怀吗？

第十章

崭　新 >>

1

凌悠然吃了药，睡到了第二天中午都还是迷迷糊糊的状态。她只记得曲诺告诉她今天的拍摄由路鸣帮她进行了。

手机屏幕亮起，显示着陌生的电话号码，她犹豫再三接过电话，对方熟悉地问候："还好吗？"

她故意将声音压得低低的，想让对方知道她快病入膏肓了："挺好的，有一点儿不舒服。"

"生病了？"对方温柔地说。

"嗯，一点儿小感冒。"

"那你肯定需要医生，快来开门吧！"她还没反应过来，对方的电话已经挂断了。不一会儿，房外传来敲门的声音。

凌悠然从床上爬起来，披着毛毯去开门，黎浅南一脸憔悴的模样映入她的眼里。

"不要这么惊讶，我打电话问路鸣的。"黎浅南亲昵地拉过她的手腕走进房间，手掌抚上她的额头，"嗯，好像不发烧了。"

记忆里不知道有多少次是这样了，她和黎浅南冷战，又因为他的温暖，把那些不愉快抛在脑后。

有时候不禁怀疑，他们之间真的疏远过，真的冷战过吗？

黎浅南在套房的小小厨房里熬着粥，冰箱里有点儿什么材料，他就凑合着做了什么。

不一会儿，餐桌摆上了热腾腾的白粥，一个水果沙拉，一份草莓吐司。简单的餐食，却让凌悠然莫名地感到温暖。

"别看了，吃吧！"他替她拉出椅子，然后移步坐到她的对面。

她轻轻点头，细细品尝这些简单食物的味道，两人谁也没有开口说话。直至碗里的食物都被消灭光，她见黎浅南起身收拾着碗筷，便跟着动手："我来吧！"

"病号，还是乖乖地去沙发上躺着吧！"他浅浅一笑。

她点头，转身的时候，他忽然从身后抱住她："对不起。"

正午的阳光落在他们身上，她一直认为，在黎浅南的身边，她一直都是幸福的。

楚慕格和李米恩的婚礼行程有些赶，婚纱照拍完，便要开始举办婚礼了，地点定在岛上的教堂里。

白色教堂里布满了白色的百合和香槟色的玫瑰。李米恩戴着头纱、穿着燕尾婚纱从鲜花里走进教堂，花童跟随在她的身后，鲜花从天而降，落在每个来宾的身上。

楚慕格站在婚礼台上，伸出右手，李米恩的左手轻轻放在他的掌心，她此刻感受到他掌心的温暖。

在电视剧里听过无数次的台词，凌悠然第一次亲耳听见，竟是那么感动。

"楚慕格先生，您愿意娶眼前这位美丽的女子李米恩小姐为妻吗？无论富贵贫穷，健康或疾病，将永远忠于她、呵护她、爱她吗？"牧师用一口流利的中文庄严地问着。

·　在楚慕格说出那三个字的时候，凌悠然只听见内心有玻璃打碎的声音，清晰刺耳。

"我愿意。"楚慕格凝视着李米恩含满泪水的双眼，她是感动还是幸福呢？

"李米恩小姐，您愿意嫁给眼前这位帅气的男人楚慕格先生为妻吗？无论富贵贫穷，健康或疾病，将永远忠于他、呵护他、爱他吗？"

李米恩努力不让眼眶的泪水溢出，她不敢相信地问："慕格，十年来，我所有的付出，就是为了这一刻，你亲口告诉我，这是真的吗？"

即使她穿上了婚纱，对面站的男人是楚慕格，可是她还是不敢相信，当她说了那三个字后，她们便是夫妻了，从今以后他的身旁将只有她。

"是真的。"那简短的三个字，让李米恩热泪盈眶。台下只有凌悠然能懂李米恩为何在婚礼上哭得如此伤心，因为这一刻等得太久了，等得太累了。

李米恩擦拭着眼角的泪，正要开口说"我愿意"的时候，婚礼台上的花瓶被"嘣"的一声，打碎在地面上，吓得宾客们"啊啊"大叫，场面瞬间混乱了。

楚慕格将受惊的李米恩抱进怀里，陈严立马带着保镖戒备了起来。不一会儿，一个满脸沧桑的人举着手枪走了进来。他愤怒地把枪口对准楚慕格："楚慕格，你害我没了老婆，你还有心情在这里娶老婆？"

陈严走到楚慕格的身旁，楚慕格低头问："他是怎么进来的？"

那人对着没人的地方开了两枪，来宾大声地喊着，凌悠然找寻着黎浅南的身影，看见他被人群挤到了后面。

"苏木槿是谁？出来，快点儿！"那人突然喊了她的名字。

楚慕格的视线往凌悠然那边望去，他刚走下台阶，枪声落在了他的前方，使他停下了脚步。

"谁他妈敢动一下，我这枪可就对着谁了。"男人的话，让所有来宾呆呆地站着，谁也不敢乱动一步，免得惹祸上身。

"楚慕格，看样子这个苏木槿对你很重要嘛！哈哈……"那人得意地笑，眼角的皱纹挤在了一起。

"谢安，你到底想干什么？不管有没有那笔钱，你老婆都会死，我劝你不要再闹下去了，对你没好处。"

楚慕格的话惹怒了谢安。他咬牙切齿地拿枪指着楚慕格："不，都是你，要不是你，我就有那笔钱了，我老婆就不会离开我了。"

"你到底想要什么？"楚慕格冷着一张脸。宾客都被吓得躲在了角落里，谢安手上有枪，谁也不敢轻举妄动。

谢安一边举着枪，一边在人群里搜索苏木槿的影子，来之前，他已经将照片里苏木槿的模样记得一清二楚了。

凌悠然的手腕突然被谢安抓住，谢安的力气很大，毫无防备的她，被硬拉着摔倒在了地上。

"哈哈……你就是苏木槿？"谢安将枪指在她的额间，她瑟瑟发抖地拽着自己的衣角。

黎浅南和楚慕格同时大喊："你放开她。"

这引来谢安一阵狂笑："哇！幸福的姑娘，他们都很在乎你啊！"

谢安粗鲁地将凌悠然从地上拉了起来，枪抵在她的腰间，推着她往楚慕格的方向走，她发着抖的双腿根本没有力气移动。

谢安直接用力将她推了过去，她猛地摔倒在了地面上，轻哼一声，却不敢大声喊痛。

"悠然。"黎浅南心疼地喊她,她回过头来对他轻轻摇头,示意他不要冲动。

楚慕格双手紧握成拳头,大声呵斥着:"谢安,你要是敢动她一下,我让你一辈子烂在牢里。"

"楚慕格,你给我闭嘴,现在决定权在我手上,我让你怎么做就怎么做,不然我让她死,我和她一起玩完。"谢安轻笑几声,一把扯过凌悠然的头发,痛得她倒吸一口气。

楚慕格焦急地妥协:"好,你想怎么样?"

谢安将枪指向在一旁安静站着的李米恩,一脸看好戏的模样问楚慕格:"一个是你在乎的女人,一个是你的妻子,你选一个。再给我准备五百万现金,用直升机送我出去,我安全了自然放人。"

李米恩抬头望着楚慕格气愤的侧脸,她也想知道,他会选谁?

"我可以给你准备五百万,你谁也别想带走。"

谢安放开凌悠然的头发,转而掐住她的脖子,低吼道:"楚慕格,你还敢跟我讨价还价,快说,选谁。"

谢安掐着凌悠然脖子的时候,这种感觉,就像梦里那个少年掐着她的脖子一样,令她窒息、痛苦。

黎浅南望着痛苦的凌悠然。他知道,楚慕格一定会选择凌悠然的。这一局,他当然会赢,只要这局赢了,楚慕格便再也不能挡在他和凌悠然中间。

楚慕格陷入了两难,他不希望任何人出事,可现在的局面,他没有办法不做选择。

2

"我选她。"

楚慕格的手指向凌悠然，她瞬间获得呼吸，猛地咳嗽着断断续续对他说："慕格……你……不可以……"

李米恩不敢相信地睁大双眼，无力地坐在地上。

凌悠然转头望着谢安："你还是绑我吧！我更值钱，难道你看不出来吗？"

"我不要钱，我要的是楚慕格脸上痛苦的表情。"谢安满脸扭曲的笑，如同他已扭曲的心，他的枪指着瘫软在地上的李米恩，"楚慕格，换人。"

楚慕格略微粗糙的手掌抚上李米恩苍白的脸颊："米恩，相信我，我不会让你有事的。"

"不，慕格，我不要……我害怕。"李米恩哭着摇头，死死地拽着他的手臂。

楚慕格半哄半拉地将李米恩往谢安的方向带去，他低头在李米恩耳边轻声说："米恩，相信我，相信我。"

那一句"相信我"一直在李米恩耳边回荡，她找寻着路鸣的身影。路鸣对上她的目光，对她点点头，他相信楚慕格不会让李米恩受伤。

谢安将凌悠然推过去。楚慕格假装将李米恩推过去的时候，突然侧身，手肘用力地打在谢安的腹部，谢安吃痛，整个人跪在了地上。

楚慕格迅速地双手握住谢安想要开枪的右手，两人纠缠在一起，一声枪响，凌悠然双手抱头尖叫一声。

路鸣走过来，抱着吓得一脸呆滞的李米恩："米恩，米恩，你不要怕。"

李米恩低头看向自己的左腹处，洁白的婚纱已被鲜血染红。路鸣双手压住她的伤口，大喊："米恩受伤了，快叫医生啊，医生！"

"哥，哥，哥……痛，真的好痛。"李米恩额头冒着微小的汗珠，虚弱地喊着路鸣。

"我在，哥在这里。"路鸣从未像这样害怕过，害怕失去李米恩。

刚刚楚慕格在和谢安争夺的时候，不小心按下了扳机。谢安一看有人受伤了，害怕地松开了自己握住枪的手，枪落在了楚慕格的手上。

陈严趁混乱的时候，带着几个保镖跑上前，将谢安按在了地上。他对着谢安狠狠地打了几拳、踢了几脚。

看到李米恩眼里的绝望，楚慕格十分心疼，他手一抖，手中的枪掉落在地上。他缓缓向她走去，她使出所有力气大喊："你别过来，别过来！"

他告诉她，不要害怕，她不会受伤。

李米恩问他，为什么要承受这些的是她，而不是凌悠然，为什么他选择的不是她，即使他们已经步入了婚姻殿堂，即使她是他的妻子。

"米恩，不是这样的，我……"楚慕格蹲下，双手不知道该往哪里放。他只是想在李米恩去谢安身边的时候，找到机会抢过谢安的枪，将他制住。他没有想到会伤到李米恩，可是，那一枪是他打出来的，李米恩是看着那颗子弹打进她的身体里的。

那颗子弹打穿的是李米恩十年如初的心，从那一句"我选她"开始，她便已经心如死灰。

"楚慕格，你闭嘴，闭嘴。"李米恩失望地摇着头，嘴里突然吐出一大口鲜血，让她觉得这个世界真是又血腥又恶心。她听见路鸣焦急地大喊："医生，医生，快救救我妹妹。"路鸣紧紧地将她抱在怀里，向外奔跑，她模糊地看见教堂外站着几位穿着白衣的天使，她大概是要去天堂了吧！

她的眼皮好沉重，可是她又不想闭上双眼，这样她会看不见光。终于，她的眼前一片黑暗，世界变得安静了。

凌悠然望着地上那一摊血迹，楚慕格像块木头一样呆呆地站在原地。她没有勇气走过去安慰他。只要她成为苏木槿的时候，就会有人因为她流血，因为她死亡。

先是苏容笙，然后是楚豪，还有苏民莲，现在是李米恩，那下一个又是谁？

是楚慕格吗？

苏木槿就像一个灾星一样，总有人因为她受伤。

凌悠然双手捂脸，移动着沉重的脚步向外走。黎浅南抓住她的手臂，她用恳求般的眼神看着他："浅南，让我自己待一会儿吧。"

她曾为了能享受阳光，不惜双手沾满鲜血，送自己最爱的人入狱三年，而如今她仿佛重新坠入黑暗。

凌悠然无力地坐在海滩上，手机突然振动起来。一串文字出现在她的眼前。她缓缓起身，用颤抖的双手紧紧握着手机，失控地大吼："疯子，你这个疯子！"

"苏木槿，看到因为你而沾满鲜血的世界，你是快乐的吧！下一个会是你的骑士吗？"齐思源看着手机里的已发短信，对着湛蓝的天空大笑起来，眼角都笑出了泪水。

他接起电话，凌悠然冷冷地问他："你在哪里？"

他轻声一笑："你身后。"

凌悠然转过身，一步一步向他走来，她的一头黑发早已长到了腰间，海风吹动着长发。他真想将那凌乱的头发，梳成一个马尾。

"你早就知道照片是我泄露出去的吧？七年前，是你告诉苏容笙我在礼堂的？你等这么久、筹划这么久，不就是想报复我？你不要再说你爱苏木槿了，别恶心自己和我了。"

每个人内心深处都有秘密，不要试图去将秘密挖掘出来，那也许是一辈子都无法愈合的伤口。

齐思源被激怒了，他一个巴掌重重地落在凌悠然的脸上。

"胡说，我爱的一直都是你啊！可你为什么要害死我妈？为什么？"

凌悠然的泪水不禁流了下来。

那时她从楚慕格那里听说了照片的事情，她将照片偷了出来，寄给了齐思源的母亲。她要将齐思源的幸福毁掉，要他变成一个可怜的人，比她还要可怜。

"苏木槿，要不是你，我妈怎么会死，我爸又怎么会离开我，黎浅南怎么会拥有本来属于我的一切，而你却能那么坦然地待在楚慕格的身边。"他抓住她的手腕，"你看见了吗？一切都是因为你。"

他笑着，双眼却满是悲伤。

凌悠然挣脱他，向前方奔跑着。她重重地摔在沙滩上，手掌被锋利的石头划出一道伤痕，她手里紧紧握着这块锋利的石块。

只要齐思源死了，一切就结束了，再也不会有人可以威胁她了。

3

"苏木槿，你除了逃，还会干什么？"齐思源单膝跪在沙滩上，手背轻轻拂过凌悠然苍白的脸。

"一切都应该结束了，早在七年前就应该结束，不过没关系，现在也不晚。"

凌悠然将手中的石块，重重地向齐思源的头部砸了过去。

他瞬间头晕目眩，血慢慢从额角流了下来，耳旁响起凌悠然的声音。

"你死了，才能结束这一切。"凌悠然尽管双手颤抖，还是将石块再次举起，向他砸去。

他甩了甩头，清醒了许多，用力一巴掌甩在她的脸颊上，双手掐着她的脖子，骑在她身上。他不敢相信的是，凌悠然竟然对他起了杀念。

"苏木槿，你那么想死吗？我成全你，我成全你。"齐思源失控地对着她大喊，手上的力度也越来越大，她的呼吸变得急促困难。

挣扎之际，她的右手抓上一把沙子，向齐思源的眼睛丢去，然后一脚踢在他的大腿内侧，用尽力气向前方跑去。前方除了无尽的大海，什么都没有……

她像无路可逃的小鹿一样焦急，转身看见已经向她大步走来的齐思源。他面目狰狞，一把抓过她的头发，她吃痛地大叫一声："啊！"

"你那么想杀我，要不，我们一起死？"

一波海浪凶猛地打在他们的身上，齐思源单手掐着她的脖子，在她耳旁轻声说："最好的结束就是我们一起离开这里，小槿，你看，海多漂亮啊！"

"不，不要……"凌悠然的嘴被齐思源捂住了，她眼里盈着泪水，视线模糊。

海水没过他们的膝盖，没过他们的大腿，她张开嘴，用力咬在齐思源的手掌上。

齐思源吃痛地把手拿开，紧接着，将她的头部狠狠往海水里按去。她连着喝了几口海水。

她根本没有任何能力反抗，只能任由海水进入她的耳朵、鼻子、嘴巴，脑海里闪过一幕幕景象。就在她意识快要模糊的时候，眼前突然一亮，齐思源双手紧紧抓着她的双肩："我不会让你就这么死的，戏都还没唱完，怎么能缺少观众呢？"

"疯子，你这个疯子。"凌悠然手里紧紧握着那块尖锐的石块，嘶哑地大吼。

齐思源丢下她，转身向沙滩走去。

他的脚刚迈开没几步，突然后脑勺一阵剧痛。他伸手缓缓摸上后脑勺，看见掌心都是血。

他转身看见凌悠然嘴角露出一抹笑，像极了苏木槿。

"我说了，该结束了。"

黎浅南赶来的时候，看到齐思源倒在沙滩上，头部满是鲜血，凌悠然坐在一旁呆呆地望着。

所幸，他来得及时，齐思源还有呼吸，头部的伤还不至于致命。凌悠然在一旁喃喃自语："结束了，都结束了。"

凌悠然的情绪不是很稳定，黎浅南将她带回国，送进医院静养。

婚礼上发生的事情，在国内被大肆报道。MG 集团陷入一片混乱，股票大跌，楚慕格忙着做了很多澄清、公关，李米恩被路鸣藏了起来，没有相关媒体能找到。

"MG 集团总裁楚慕格因拖欠项目费用致其员工妻子死亡。"

"MG 集团总裁楚慕格与当红女星李米恩举行婚礼，遭员工报复。"

"MG 集团总裁楚慕格为保护某女子，开枪重伤妻子李米恩。"

"值得楚慕格保护的神秘女子，究竟是谁？"

楚慕格看着手里一份份报纸，每一份报纸的头条都离不开 MG，离不开他的名字，他将报纸卷成一团，丢进了垃圾桶。

"谢安那里谈得怎么样了？"

陈严摇摇头："不愿意出来澄清。"

"晚上，我亲自去见谢安一面。"

"米恩现在找不到，她不出面，谁澄清也没用。不知道怎么搞的，警察也开始有动作了。"陈严望着一脸严肃的楚慕格，媒体的力量真是吓人，如今 MG 大厦下面每天都有记者二十四小时蹲守着。

外界都在骂楚慕格是个薄情之人，脚踏两只船，心狠手辣的企业者，连员工的项目费用都拖欠，导致员工没有钱给妻子做手术。唯独神秘女子凌悠然到现在都还没有被曝出来，像是有人故意在暗中保护，所有目标都指向 MG 和楚慕格。

"齐思源的事情做得倒是很绝啊！"楚慕格深深叹了一口气，揉按着自己发疼的太阳穴。

陈严将一张有些模糊的照片放在桌上："不是他，这是谢安家地下车库的监控拍到的，看侧脸不像齐思源。"

楚慕格仔细看着照片，照片里的男人个子大概一米八，戴着黑色的鸭舌帽，只能看见侧脸。

陈严拿出一个优盘，在电脑上播放监控录像。楚慕格看见戴鸭舌帽的男子递了一个厚厚的信封给谢安，大概是不少的钱，中指那枚戒指让楚慕格按下了暂停键。

他认得这枚戒指，放大图像，这枚戒指和苏木槿手上的戒指一模一样。

和苏木槿有一模一样的戒指，那就只有一个人。楚慕格怎么也不会想到这个人会收买谢安，上演一场这样的戏码。

4

昏暗的仓库内，男人跪在地上，双手在身后被麻绳捆住了，一桶一桶冰凉的水向他泼来，他嘴里骂着："妈的，有本事来痛快点儿的。"

"你知道我的，做事情从来不拖泥带水，谁给你的胆子，敢算计我？"

"楚慕格，你不得好死，不得好死！"男人面目狰狞地骂着，对着楚慕格昂贵的西裤一口痰吐了上去。

楚慕格一拳打在那人的脸上："谢安，我再给你一次机会，出来澄清，告诉我谁指使你干的，不然我有的是办法对付你。"

"我呸，有本事把我交到警察局去啊！"谢安倒是一副得意扬扬的笑容，他知道楚慕格现在靠着他来出面澄清。

楚慕格从腰间抽出一把黑色手枪，将枪口抵在谢安的额头上："还有两个小时你儿子就要放学了吧？非常想见他吧？"

"楚慕格，你不要丧尽天良，对无辜的孩子下手。"谢安听到楚慕格说自己的儿子，开始变得害怕了。

"你也知道孩子无辜，那孩子的幼儿园，你拿着伪劣材料去建造，出了事情你负得起责任吗？要不是陈严发现得早，MG 的名誉就毁在你的手上了，你居然还敢对外宣称我没有给你项目费。我不告你就已经很仁慈了。"

MG 集团首次承包市内幼儿园修建项目，没想到建筑材料被项目组给动了手脚，还好陈严及时发现。楚慕格直接将负责这次项目的总指挥谢安革职，重新进行幼儿园修建。他知道谢安是为了筹措给妻子治病的钱才动了这样的念头，所以并没有追究法律责任。

他没想到的是，谢安不仅不知错，还将妻子的死算在了他的头上。

"如果你不澄清，我会追究法律责任，更重要的是，你儿子的安危掌握在你手里。"楚慕格并没有对谢安的儿子怎么样，只是想让谢安出面澄清而已。

"我说，好，我说……那人我并不认识。那天晚上我因为赌博，差点儿被人剁了手指，那人救了我，给了我很多钱，让我去做这些。我想到我老婆因为没钱动手术死了，我就不甘心，他只是让我把事情闹大，没想到后面发生了……"

"是他吗？"楚慕格拿出照片放在谢安面前。

谢安点头，轻声地说："那天他也在婚礼现场。"

没过一会儿，陈严走了进来，俯身在楚慕格耳旁轻声说："刑警官过来了，让我们把人交出去，他们要调查。"

楚慕格点头，谢安被几个穿着警服的人提了出去。刑警官走了过来，手里夹着一根烟："有个消息，你应该要知道。"

两人抬眼对视，那人狠狠吸了口烟，轻声说："齐思源向公安局报案，凌悠然杀人未遂。下午，警方会去抓捕嫌疑人。"

楚慕格连外套都没顾得上穿，穿着单薄的衬衣向外跑去。他知道，她一定会害怕，很害怕……

凌悠然听见急促的敲门声，一打开门便看见一群穿着警服的人，领头的人亮出抓捕令问："请问是凌悠然小姐吗？"

她点点头，那人继续说道："我们接到当事人齐思源先生报案，您参与一起杀人未遂案，请跟我们走一趟。"

罗玉芬和凌泽听到声音，急忙跑到门前。凌泽问道："这是怎么回事？"

那人正想回答，被凌悠然打断了："我们走吧！妈，照顾好爸。"

看到罗玉芬一脸担忧，凌悠然浅笑："你们不要跟过来，不要担心我。"

随警察出了小区门口后，她很配合地伸出双手，任凭那冰凉的手铐铐在手腕上。她内心一点儿都不害怕，她在想，七年前楚慕格双手被铐上的时候，一定很害怕吧！

也许是上天听见了她在内心喊楚慕格的名字，所以那人就出现在了她的视线里，他缓缓向她走来，她先开口："找到米恩了吗？"

他摇摇头。这些天他花了很多精力去找，但还是不知道李米恩到底怎么样了。

"本来以为，杀了他一切都结束了。没想到，事情越来越烦人了！"凌悠然在听到齐思源抢救过来的消息以后，就一直等着这天到来。

"为什么要做这样的事情？"楚慕格伸出手，想摸一摸她的脸颊，但又怕她不愿意，又缓缓将手收了回去。

"你那时戴上手铐的时候，非常害怕吧？那时你不过十八岁而已，连十八岁生日都还没过。我真的好坏，很坏很坏，那时怎么舍得你……"她双眸含泪，对他笑着。

他很想在此刻抱一抱她，如同十五岁那年将她紧紧抱在怀中，对她说："别害怕。"可是他忽然瞥见黎浅南正站在远处看着他们。

终于，他还是当着黎浅南的面抱住了她，在她耳旁轻声说："别害怕。等等我，所有事情我都会解决的，我再也不会放手了，除了我，我不放心你在任何人的身边。"楚慕格挑衅地望着站在远处的黎浅南。

凌悠然恢复记忆后，他曾想过，如果这辈子给她幸福的人不是他，只要是一个能好好待她的人，他都可以欣然接受。

可他要怎么去告诉凌悠然，她要结婚的对象是一个虚伪的人，她怎么能接受得了这样的现实。

凌悠然推开楚慕格，抿嘴一笑："浅南会好好保护我的，不要担心。"她没有看见站在稍远处的黎浅南，直接进了警车。

5

黎浅南探视凌悠然的时候，她穿着浅灰色的狱服。

"浅南，婚礼取消吧！好像没有办法进行了呢！"说这句话的时候，她低着头，很抱歉的模样。"即将一起生活的恋人，居然是个想杀人的疯子，很可怕吧！"她无奈地笑了笑。

他们之间隔着一层玻璃，他伸手抚上玻璃。他今天看见了楚慕格抱她的那一幕，他的嫉妒心好像越来越强了。他试图摧毁楚慕格，看样子好像失败了。

他等了二十年，才等来名正言顺的父亲。母亲因为有他，才最终嫁给黎永生，拥有了现在的一切。

他内心的魔鬼在咆哮，他要赢，赢过楚慕格，赢过齐思源。

"悠然，等这件事情结束了，我们去新西兰吧！你不是最喜欢那里吗？我们在那结婚、成家、养育孩子，快乐地生活下去吧！"他说得那么诚恳，让凌悠然被他感动，点了点头。

黎浅南离去没多久，头部裹着纱布的齐思源便出现在了她的面前，他们之间隔的不是一面玻璃，而是一张陈旧的长桌。

探视室的天花板上，吊灯闪着昏暗的灯光，齐思源双手环胸，抬头望着吊灯："你现在就和这个灯一样，发不出光啊！"

"这不就是你想要看到的吗？"凌悠然轻笑。

齐思源愤怒地低吼着："你觉得这样就结束了吗？不是。我说过，扼住你喉咙的是我。这一战，怎么看，赢的都是我。你想不想知道楚慕格和黎浅南愿意花多大的代价来救你？你总是这么有用啊，真是一个好筹码！"

　　"恐怕你要失望了，也许这一次又是我赢了。"凌悠然高傲地瞥了他一眼。那是苏木槿常有的表情，那种不将别人放进眼里的高傲模样。

　　"苏木槿，你知道我现在最想做什么吗？把你丢进肮脏的臭水沟里，让你的人生彻底完蛋。"他明明只想和楚慕格一样好好爱她，可命运总将他们越拉越远，让他们越来越恨彼此。

　　"苏木槿的人生早就在你的手里完蛋了，你就是我人生的悲哀。"凌悠然失控地怒吼。

　　如果生日那天他没有告诉苏容笙她在礼堂，她又怎么会失手杀了苏容笙。他在窗外看着这一幕发生，却宁愿将这一幕拍摄下来，也不愿救她，还拿着视频威胁她，她真的恨死了眼前这个人。

　　"我恨不得你下十八层地狱，恨不得你永世不得超生，恨不得拿刀将你的心挖出来丢进大海里。"凌悠然愤怒地说。

　　"闭嘴。"齐思源用力拍了一下桌面，摔门而出。

　　凌悠然双眼紧闭，少许泪水从眼角滑落。如果可以，她只想将回忆停留在十五岁那年的三月雨季，没有齐思源，只有楚慕格，至少她还有过短暂的美好。

　　齐思源躺在病床上，回想着昨日苏木槿对他说的话，她恨他已经到了那种地步了。可是，明明是她先扼杀了他的幸福啊！

　　楚慕格的出现，打断了他的沉思。"不要想着明天怎么打官司了，黎氏的股份换你的撤诉，你现在对付的人可不是黎永生了吧！你要对付的是龚文娜和黎浅南。MG可以支持你一切活动。"

"苏木槿还不知道岛上的事是黎浅南弄的吧！我不过是发了条短信给她，她就以为是我弄的，差点儿让我见不到太阳公公了呢！得把这件事情告诉她啊，多有意思啊！"齐思源指着自己受伤的头部。

"不要那么多废话，要或者不要。"楚慕格冷着一张脸，坐在沙发上。

齐思源拿起在床头柜上的平板电脑，滑动屏幕，浏览着MG集团今天股市的行情，缓缓开口："MG的债券正在被正安集团大笔收购，股票掉得这么厉害。看样子岛上的事情对你损伤够大的，你还是好好把自己喂好再来跟我做生意吧！"

齐思源说得没错，MG现在的情况很糟糕，债券突然被大量买入，楚慕格已经一直在用高价回收债券。一旦债券被大量抛售，MG将陷入资金链断裂的情况。媒体对外的报道让事情雪上加霜，MG集团的形象已经大不如从前了。李米恩迟迟不出现，更引起外界的不满。

"如果你不撤诉，那么我会以高价出售黎氏的股份。你说得对，我现在缺钱得很。"楚慕格轻嗤一声，他们两人相互注视着。

"哦，又来了个谈生意的。"两人正在默默不语时，黎浅南也走进来了，病房里弥漫着硝烟。

"你想多了，我只不过是来巡房的。"黎浅南检查着齐思源正在打的点滴，无视楚慕格的存在。

他就像一个旁观者一样做着自己分内的事情，然后离开病房，将门轻轻地关上。

齐思源的目光注视着那扇门："我想把别人推进沼泽，但似乎我跳进了另一个沼泽。"

黎浅南隐藏了快三十年的本性要暴露出来了吗？

他并非表面那么温文尔雅，这只是假象而已。

几天后，冷空气突然袭来，法院内的暖气开到最大，齐思源坐在原告席上，凌悠然站在被告席上。

双方律师进行法庭辩论时，齐思源的目光一直停留在黎浅南的身上。凌悠然的辩护律师提出一份病历称："被告凌悠然精神一直不正常，服用大量精神药物，所以对原告施行暴力，属于受到刺激后，精神不正常情况下的行为，应当无罪释放。"

"照您这么讲，被告人是精神病吗？"齐思源笑了笑，黎浅南仍旧镇定自若地坐在那里。

接着，黎浅南和鹿萌萌作为证人，证明凌悠然精神长期不正常，罗玉芬也将女儿常年服用精神药物的证据提交。

凌悠然没有说一句话。这是那天黎浅南告诉她的方法，她自然答应了，她相信黎浅南。

只是她没有想到的是，她那么相信的黎浅南，给了她重重一击。

最终法院判决，凌悠然无罪释放。

判决结束后，齐思源走到凌悠然的身边，大笑了几声："你就是精神病啊！"看见黎浅南走来，齐思源拍拍他的肩："哥，我一直以来都低估了你呢！"

齐思源也没想过非要凌悠然坐牢，他不过是想知道黎浅南到底伪装得有多好。

"他那是什么意思？"凌悠然一脸疑问。

黎浅南亲昵地说："我也不知道他什么意思，但是这件事情终于过去了，你再等等我，等另一件事情处理好了，我们就去新西兰。"

她点点头。

开始崭新的生活，对他们都是最好的选择。

第十一章

崩　塌 >>

1

十月中旬的阳光，照在已经枯黄的草地上。李米恩穿着病号服，身上裹着厚厚的灰色针织披肩，蜷缩在长椅上。

"都快出院了，还不乖乖地待在房间里，不养好身体，以后怎么拍杂志封面啊！"路鸣走到她身边坐下，唠唠叨叨的。

她皱起眉头，苦涩一笑："发生了这样的事情，我又突然失踪，演艺生涯也算是结束了。我也想换种生活方式了。"

她在娱乐圈这么多年，在躲起来那一刻，她就做好了心理准备。她和楚慕格的名字挂在头条新闻足足半月，到现在还不时被提起。

她也知道楚慕格近况不好，可却没有了原来那种担忧。他们一起经历的种种，早就随着楚慕格那句"我选她"抹掉了。

"年少时，我就特别羡慕苏木槿，即便她的生活并不如意，可她却拥有全世界最好的楚慕格。我用了十年的时间，结果还是一样。"

路鸣不知道怎么去安慰妹妹，一个是他的徒弟，一个是他的亲妹妹。他自知亏欠了妹妹，却又没有办法因为这件事去厌恶凌悠然。

"米恩，感情的事，没有对错。"他只希望李米恩能早日放下过去，如她所说，开始全新的生活。

"哥，放心吧，我会放开的。"李米恩乖巧的笑容，让路鸣放心了很多。

她望着远处一整排黄透了的银杏树。她为楚慕格付出的是十年青春。而凌悠然什么都没有付出，凭什么还能得到楚慕格。她若得不到，她也不想让别人得到。如果她的人生注定没有楚慕格，等了十年还没有幸福，她宁愿自己把一切都毁了，可怕的想法在她内心慢慢萌芽。

楚慕格第一次和黎浅南这样坐在一块，两人桌前的黑咖啡早已冷却，谁也没有心思去品尝。

"楚大总裁最近日子不好过吧！"黎浅南那胜利者的笑容让楚慕格很不舒服，他怎么放心把苏木槿交给这样一个表里不一的人。

"正安集团大量收购 MG 的债券，你参与了？"

面对楚慕格的质问，黎浅南笑着摇头："不止参与，是我买下债券的。"他见楚慕格微皱着眉头，又继续说道，"正安集团的执行主席是我。"

多么惊人的秘密，连楚慕格都吓了一跳，黎浅南上班的医院隶属正安集团旗下，而他却是这个国际金融集团的执行主席。

"黎氏的股份换 MG 的债券。"如今楚慕格手上就只有这一张牌可以用了。

"楚慕格，你从黑洗到白，从来没有想过有一天会有这个结果吧！现在你不过是一个走投无路的生意人而已。MG 债券被正安大量收购，正安自然成了最大的债主，我要黎氏的股份做什么？"黎浅南靠在椅背上，言语尽是挑衅。

楚慕格沉默半晌，问："你的目标是 MG，还是……"

"当然是你。我要你楚慕格名声扫地，永远都不能出现在凌悠然的身边。"

他大费周章地让记者知道楚慕格和李米恩结婚的消息，又让谢安在婚礼上出来捣乱，就是为了让他声誉受损，同时摧毁 MG。又加上李米恩是明星，娱乐的风波自然少不了。现在李米恩身中一枪，又下落不明，把这件事情推至最严重了，虽然谢安已经出面澄清，可还是挽回不了损失。

楚慕格眉头微蹙，咬牙切齿："我绝对不会让凌悠然待在你身边的。"

"那就要看你的本事了，我先收拾了齐思源，再来解决你，你自求多福吧！"黎浅南披上大衣，从包厢走了出去。

楚慕格握紧拳头，一拳打在桌面上。

楚慕格拖着疲惫的身体回到家时，在鞋柜旁看到一双红色的高跟鞋。他急忙换上拖鞋，在房里大喊："米恩，米恩，是你吗？"

看见厨房里忙碌的身影，他还以为自己眼花了，使劲揉着自己的双眼，再睁眼，李米恩正对着他笑。他走上前，毫不犹豫地将她拥入怀里，眼睛跟着红了："谢天谢地，你回来了，你没事了。"这个拥抱、这句话是发自内心的，他不否认，心里是有李米恩的。这么多年，他们携手共进，虽没有那种刻骨铭心的爱，却已经有了如同亲人一般的感情。

李米恩轻轻拍着楚慕格的背，抬头时，看见了他眼角流下的几滴泪。她内心的想法，差点儿因为这几滴泪动摇了。

楚慕格哭了，哪怕他听到他父亲离世的消息都不曾掉过一滴泪，而现在，这么坚强的楚慕格因为她哭了。

她内心大喊道："李米恩，你不能因为这几滴眼泪就心软了，他不爱你，不爱你，他只爱苏木槿，你要让苏木槿从此消失在他的眼前。"

她还未开口，楚慕格带着愧疚之意继续说："对不起，婚礼上的事情不是你想的那样。我是为了接近谢安，抢过他手中的枪才那样做的，只有选木槿，才可以随着你往前走。米恩，你要相信我，我怎么会弃你不顾呢！"

他那样诚恳的解释，在她听来更像是借口。

"我只是一时想不开。苏木槿呢？她还好吗？"她像往常一样乖巧的模样，让楚慕格感到欣慰。

楚慕格将凌悠然想杀了齐思源的事告诉了她，她心想，苏木槿果然是个疯子。

"我现在只希望你能原谅我，原谅我这十年从未回报你的真心。如果时间倒流，李米恩，你要是不认识我该多好。"楚慕格用颤抖的手拂过她的刘海。对于她来说，他的心如北极冰川一样难以融化。

李米恩抑制住自己内心的愤怒，她真的讨厌楚慕格对她说这些话，甚至感到恶心。她笑着问："那你后悔认识我吗？"

"我不后悔，不管是你，思源，还是……苏木槿。"

他记忆中十五岁的他们，美好如初。

洒脱、敢爱敢恨的李米恩，帅气不羁的齐思源，内心孤独、想追求光的苏木槿。

"我们四个人，好像永远都不能好好相处呢！"李米恩低声说道，从年少到如今，他们四人都不知道到底在追求什么，到底在执念什么。

2

凌悠然站在阳台上修剪花草，苏米坐在一旁认真地看着她，偶尔"喵喵"地叫几声。望见鹿萌萌在楼下向她招手，她顺手将苏米从阳台抱回了客厅。

罗玉芬从厨房探头出来问："悠然你手机一直在响,谁打电话来了？"

"妈，是萌萌，你多做点儿饭啊！"

"好！"罗玉芬继续在厨房忙碌着，嘴里不停念叨着，"你爸一大早去棋馆了，这都快中午了，还不晓得回来，怕是又不回来吃饭了。"

凌泽还差几个月便到退休的年龄了，身体又不好，出了那件事后，警局就批准他提前退休了。不上班以后，他跟几个爱好下棋的玩伴干脆在小区外租了个门面，开了个小棋馆，每天挣点儿小钱，人乐呵呵的。

他和罗玉芬去了一趟阜城，瞒着楚慕格去看了楚豪，他心存愧疚，却从未流露出来。他深知儿孙自有儿孙福，他老了，也没有能力再去干涉凌悠然的事情了，他们夫妇唯一能为女儿做的事情就是平平安安地度过后半生。

在凌悠然的房里，鹿萌萌抢过她怀里的苏米问道："你辞职了，准备在家里就这么待着？"

法院宣判后，她辞了职，一直在家里待着，她也不记得多久没出过门了。

"嗯，等浅南把黎氏的事情处理好，我们就去新西兰了。"她起身将房门关紧，这件事情她还没有告诉父母。她望着鹿萌萌，小心翼翼地问："黎伯父的事情，你要怎么办？"

"悠然，我手上掌握着黎永生的一些罪证，我……"鹿萌萌低着头，她和黎永生吃过几次饭，将一个想快速上位的新模特介绍给了他。

这几年想方设法得到了一些黎永生不为人知的罪证，她手里一直攒着这些证据，就是为了有一天能为齐思源所用，还能报家族之仇。

"萌萌，你不用有什么顾忌，我相信浅南是个明理的人。"她握着鹿萌萌的手，试图给她安慰。

鹿萌萌激动地说："悠然，你觉得了解的人不一定是真的了解，越是亲近的人才越要提防，你不要太单纯了，或许……"

或许黎浅南不是你想象中的那样，这句话最后还是被她吞进了肚里。

"萌萌，你到底想说什么啊？"凌悠然一脸茫然。

鹿萌萌急忙解释："没什么，只是担心你而已，怕你被骗。"

"被谁骗？浅南吗？"

鹿萌萌不知道该怎样去回答这个问题，她也无凭无据。只是黎浅南最近做的很多事都很反常，还有齐思源说的那些话，让她觉得黎浅南不像表面那么简单。

"没有啦！我没说是他，再说了，他哪会骗你！"她的眼睛不敢直视凌悠然，凌悠然正想继续追问下去，却被罗玉芬的声音打断了。

罗玉芬敲着门："两个小姑娘不要说悄悄话了，快出来吃饭了。"

"哎呀！罗妈妈你的饭菜，勾起我肚子里的馋虫了。"鹿萌萌急忙从房间走出来，对着餐桌上的菜色咽着口水。

一顿饭下来，鹿萌萌一个劲地吃，偶尔和罗玉芬聊聊天，摆明躲着凌悠然，生怕她追问。

吃了中饭，她就匆匆地走了。黎浅南是凌悠然决定要共度一生的人，她担心吐露没有证据的话，只会造成不必要的麻烦。

鹿萌萌刚从凌悠然家里出来，就接到了龚文娜的电话。她怎么也想不到龚文娜会约她见面。

龚文娜一脸和蔼可亲的模样，指了指桌上的桂圆红枣茶："萌萌，天气冷了，喝这个暖身。"

她浅浅啜了一口，问道："伯母找我，有什么事吗？"

龚文娜难道不知道，她和齐思源是一条路上的？

"我知道你对思源一往情深，而思源心里一直想着整垮他爸，他爸和你之间又有一些个人恩怨，你们两个也算目标一致嘛！至于我们之间，并没什么的嘛！"龚文娜的笑，让她全身起鸡皮疙瘩，原来她早就知道了这些事情，却并没有告诉黎永生，果然龚文娜的城府很深。

"伯母说什么呢，我真的听不太懂啊！"鹿萌萌摇着头，眨着自己水汪汪的大眼睛。

"萌萌，你要知道，我花了二十年的时间，才名正言顺当上黎太太。玩手段，你和思源都不是我的对手。如果你把手里有关永生的东西给我，我会让思源好好坐着他副总的位置，黎家照样有他的位置，不然嘛……"龚文娜摆弄着手指上的翡翠戒指，皮笑肉不笑地望着她。

"难道伯母和思源一样，目标是伯父？"她反问。

"都说，人不要太聪明。你哥也就是因为太聪明了，明知道是自己上头公司故意弄的假材料，非要做正义人士，想上报检察院。永生没有办法了，才在路上动了手脚，可怜了你那不知情的嫂子。所以你最好不要参与这件事情了，乖乖地把东西给我就好，不然可就别怪我不留情面了。"

听了龚文娜这一长串的话，鹿萌萌双手死死揪着自己的毛呢大衣，她现在才知道哥哥和嫂子出车祸的真正原因。

他们有什么错？

"你和黎永生看到我就不会内疚吗？就不觉得惭愧吗？我们家子俊还那么小，那么小就没有了爸爸妈妈，你们为什么这么残忍？"

她的心真的很疼，像被火烧过一样疼。

她眼里含着泪水大吼着："什么都不会给你！我会亲自让他得到应有的惩罚的，你和他一样令人作呕。"

只是大吼之后，她的头忽然有点儿晕，她模糊地望见龚文娜脸上邪魅的笑。

她抬头看见黎浅南走过来摇晃着她的身体。她死死拽着他的衣袖，却全身无力，只听见模糊的字句在耳旁响起："晕过去了。"

她好像做了一个梦。在梦里，她大喊："悠然，不要过去，不要过去，不要去黎浅南的身边！"

凌悠然怎么都不听她的话，向黎浅南的怀里奔去。她看见黎浅南嘴角露出一抹邪笑。

然后她坠入了黑暗的大海，蒙眬中看见从远处游来的齐思源，她伸出手，可是不管怎么用力都抓不住齐思源的手。

3

凌悠然在厨房里切着凌泽刚提回来的哈密瓜，突然心里一慌，水果刀直接落在了她的食指上。很深的一刀，血向外涌出，听到她的尖叫声，罗玉芬和凌泽都跑进厨房。

"怎么这么不小心啊！"凌泽心疼地拉着她进了客厅，罗玉芬拿出医药箱。

"哎呀,这伤口深着呢!今天萌萌走了以后,你就一直心不在焉的。"罗玉芬给女儿上过药,贴上创可贴。

母亲的话倒是提醒了她,想着打个电话给鹿萌萌。她走到阳台上,打鹿萌萌的手机,她关机了,打经纪人的电话,又说这两天放假了。

她只好拨通了齐思源的电话。

"齐思源,萌萌在你那里吗?她手机关机,好像出事了。"

"你等一下。"齐思源马上在电脑上查询了鹿萌萌的位置,他在鹿萌萌的项链里装了追踪器,"不是好像,是真的。"

追踪器显示的位置告诉他,鹿萌萌是真的出事了,不然她怎么会在那个地方。

凌悠然随意套了件大衣,拿着手机便向外冲:"妈,我去萌萌那里一趟。"

"这大晚上的,小心点儿。"

"好!"

凌悠然到达齐思源发来的地址时,他已经站在门外等她了。这是一座私人别墅,装修似欧洲小城堡一样华丽。

"你知道谁住在这里吗?"齐思源偏过头问她。

她摇摇头。已经晚上十一点了,别墅里黑漆漆的,微弱的月光照在房顶上,看起来诡异得很。

"我爸。"

这座别墅,是黎永生养过好几个情人的地方,齐思源打一开始就知道,还故意告诉过龚文娜。谁知她并不在意,没有像母亲那样撒泼大骂,而是镇定地笑笑:"都是些野狐狸,总有猎人捕杀的,怕什么?"

因为她心胸宽广吗?不,她只是在隐忍,为了等待机会而隐忍。

凌悠然激动地向大门跑去："那萌萌她……"

她只是轻轻一推，大门便打开了。她转头望着齐思源。

他们两人借着手机的光走进别墅。齐思源在墙上摸到了开关，璀璨的水晶吊灯将整个大厅照亮。

"萌萌，萌萌。"凌悠然大喊着鹿萌萌的名字，无人应答。

整个一楼两人找遍了，一个人也没有。齐思源指了指二楼。不知为何，凌悠然感到十分害怕，她紧紧跟随在齐思源的身后。

"人都敢杀，胆子这么小。"齐思源的话让她突然停下了脚步。

她用微微愤怒和难过的声音说："如果可以，你不要再提有关苏木槿的事了。"

他不再说话，摸索着墙上开关，将走廊的灯打开："你找左边的房间，我找右边的房间。"

刚才看到定位系统显示鹿萌萌在这里，他心里非常焦急，开车过来时一直祈祷她不要出事。他才知道，原来他是那么在乎她的，害怕她出事，害怕她一个人在这里的时候没有人帮她。

"啊！"听到凌悠然的尖叫声，齐思源立刻跑了过去。

凌悠然惊恐地坐在地上，她不敢抬头去看这一幕情景。

黎永生肥胖的身躯躺在地上，衣衫不整，双眼凝视着天花板，一把刀插在腹部的正中央。

鹿萌萌躺在离他不远处，只穿着白色绸缎睡衣，双目紧闭，凌悠然的尖叫声也没有唤起她的任何反应。

"萌萌，萌萌，齐思源，萌萌她死了，死了……"凌悠然重复着这句话，眼泪止不住地流出来。

怎么那么像……那么像当年……苏容笙躺在地上的情景。

她努力让自己冷静下来，静静地坐在一旁，看着齐思源。

齐思源踉跄地走到鹿萌萌身旁，用颤抖的手探她的鼻息，还有呼吸。他跌倒在地上，将她紧紧地抱在怀里，使劲掐着她的人中，拍打着她的脸："萌萌，萌萌……"

　　他起身将鹿萌萌抱进了浴室，打开花洒，任凭冰凉的水洒在他们身上。

　　"咳咳咳……"鹿萌萌一阵咳嗽，将头埋进他的怀抱，"我就知道，你会来的，会来的。"

　　"萌萌，不要怕，我在……"他亲吻着她的额头，将浴袍套在她的身上。

　　鹿萌萌在齐思源的搀扶下走出浴室时，大喊了一声，指着黎永生："他，他怎么会在这里？这是哪里？"

　　"萌萌。"凌悠然激动地从地面上爬起来，握着她的手，"真是万幸，你没事，你没事。"

　　就像是被人设定好一样，他们还没有反应过来，警笛的声音传进了别墅内。

　　"凌悠然，你快带萌萌走！从后门走，快点！躲起来，不要联系黎浅南，知道了吗？"齐思源将车钥匙丢给她，掏出银行卡，"去银行多取现金，密码是萌萌的生日。"

　　"那你小心点儿。"凌悠然总归是比鹿萌萌要冷静许多。

　　"思源，不是我，这个……"鹿萌萌害怕地摇头，她不知道自己怎么会在这里，也不知道黎永生怎么会死在自己的面前。

　　齐思源再一次抱住鹿萌萌："我知道，不是你。"他用手拭去她落下的眼泪，"你要乖乖躲起来，不管发生什么事，不要出来。"

　　凌悠然半拉半拖地将鹿萌萌带离了齐思源的视线。

　　齐思源蹲下身来，低声抽泣："连你都这么狠心，连你都要离开我。"

他虽然讨厌他、恨他，可从来没想过要杀了他，他只是想把黎氏毁了，想看他落魄的模样。

"我都还没有当着你的面毁掉黎氏，你怎么就死了？你起来，你不是很厉害吗，不是很威风吗，你起来啊！"他跪在地上大喊着。

走廊里传来脚步声，齐思源抬头："这么快就来了。"

黎浅南走进房间，环顾四周，他没想到齐思源来了，而鹿萌萌不见了。不过没关系，反正那一刀是鹿萌萌刺下去的。

紧接着，警察赶到，逮捕了齐思源。

"我真没想到你这么狠。"齐思源低骂，"你是不是人，他也是你爸啊！"

黎浅南俯身在他耳旁轻声说："那一刀可是鹿萌萌刺的，你爸是她杀的。她多恨你爸，你不知道吗？"

"你可真下得了手！"

你看，苏木槿，有人比我更狠心呢！

4

凌悠然连夜开车将鹿萌萌送到了阜城。她将车停在了一条偏僻的小巷里，然后打车带鹿萌萌去了苏宅。

她将大厅的壁炉生起火，十一月的冬天已经很冷了，阜城这个地方更冷。

鹿萌萌蜷缩在壁炉前，凌悠然将毛毯盖在她的身上，搂过她的肩："萌萌，别害怕。"

"黎永生是黎浅南杀的。"鹿萌萌小声地说。

"萌萌，你……"

"我很清醒，我说的都是真的，你相信我，悠然。"

鹿萌萌将她去见龚文娜时被下药，并且看见了黎浅南的事情，连同黎浅南指使谢安破坏楚慕格婚礼的事情，都告诉了她。

"不可能，不可能。"凌悠然摇头，她不相信。

她怎么去相信？他那么善良的人，怎么可能那么有心计，甚至去杀人？

除非黎浅南亲口告诉她，否则她真的无法相信。她突然像只小刺猬一样对鹿萌萌说："萌萌，你看见他杀人了？你看见了吗？"

鹿萌萌无奈地摇头："没有，那你觉得人是我杀的吗？"

凌悠然双手捂住脸，低声说："不是，也不是你。"

她一直以为，只有苏木槿会杀人。黎浅南和鹿萌萌都那么善良，他们谁都不会去杀人的。

她穿起外套，看着外面天刚蒙蒙亮："我还要赶回去，警察一定会来找我谈话的。晚点儿会有人来照顾你的，你要好好在这里待着。"

鹿萌萌点头，大门被凌悠然打开，寒风吹了进来。哪怕烧着壁炉，她还是觉得很冷。她裹了裹毛毯："今年的冬天会过去吗？"

经过两个多小时的车程，凌悠然刚出高速路口，就接到了警察局打来的电话。

她将车停在附近的广场上，坐地铁赶到了警察局。一进警察局就听见齐思源大声嚷嚷："不是鹿萌萌，不是鹿萌萌，刀上有她的指纹就是她了吗？我不知道她在哪里。我怎么去那里的，拜托，那是我爸家，我去怎么着了。我爸后脑勺的伤，你们就没发现吗？到底哪个才是致命的伤口？"

凌悠然被警察带到了另外一个接待室里。

"之后就没见过面了。"

"不知道。"

"不是。"

"不清楚。"

警察问来问去，凌悠然都冷冷地回答着：不知道，不清楚，不是。

警察也问不出什么想要的线索，正好赶上黎浅南来了，他如同往常一样亲昵地搂过她的肩："没事了啊！"

"你相信是萌萌吗？"她抬头问。

"警察会调查清楚的，你不要想多了。"

她心底打鼓，要问他吗？问楚慕格婚礼上的事是他安排的吗，问黎永生是他杀的吗。她更想问，到底哪个才是真正的他。

"我送你回去。"他拉起她的手，可她却没有感到往日的温暖。

车子飞驰在路上，凌悠然有无数的问题想问黎浅南，她一直盯着他的侧脸。

"虽然我很帅，你也不用一直盯着我看吧！"

这本是情侣之间打情骂俏的话，可在凌悠然听来，却是那么假。

"楚慕格婚礼出现的那个人是你安排的吧？你就是想让楚慕格阵脚大乱，MG 差点儿被你整垮了，李米恩的出现让你失了一局。"

黎浅南笑得露出酒窝："你看你，怎么胡言乱语呢？怎么可能是我安排的呢？你不要因为是楚慕格就针对我，说到底你还是把他看得更重要些。"

他皱起眉头，她的模样不是怀疑，而是笃定这件事就是他干的。

"你为什么要给萌萌下药？黎永生是你杀的吧？你想嫁祸给萌萌？你为什么要这么做？"

黎浅南轻笑："我没有给萌萌下过药，她是你最好的朋友，我为什么要嫁祸她？那是我爸，我怎么会杀他？"

"萌萌告诉我的，你还要骗我吗？"

"她在哪里？你把她藏起来了？"

"萌萌已经出国了，你不会找到她的。"

"她到底在哪里？"黎浅南失控的大吼将凌悠然吓到了。

他将车停在一旁："悠然，对不起，我不该吼你的。这些事都不是我做的，你不相信我吗？我们相处了这么多年，你难道不知道我是什么样的人吗？悠然，再等一等，我马上就带你去新西兰，好不好？"他说得那么诚恳，诚恳到她就要相信他了。

"你为什么非要把萌萌牵扯进来，是因为这个吗？"凌悠然从包里掏出录音带——临走时，鹿萌萌交给她的，这里面有不少黎永生的罪证。

这个对他来说已经不重要了。至于为什么要把鹿萌萌牵扯进来，其实他也不想的。

他的脑海中浮现了那天的记忆：龚文娜去别墅里找黎永生，逼迫他签股权转让协议。

黎永生前段时间得了一场大病，之后便住在了这里，说好听点儿是养身体，实际上连人身自由都被龚文娜控制着。齐思源哪里管他父亲如何，单纯地以为，他父亲又在外面养了哪个漂亮姐姐，才一直居住于此呢！

他进入书房的时候，父亲正和母亲僵持着，父亲气愤地敲着桌子大骂："你们这些白眼狼，我真是白养你们了！"

下一刻，他一巴掌扇在龚文娜的脸上，扯着她的头发，激动地大吼："你这个狠毒的女人，这么多年，你就是为了这些财产吧？"

他只是想帮母亲，谁知顺手一推，父亲的后脑勺磕到了桌角，整个人倒了下去。

他正想打电话叫救护车，却被母亲制止住了："不要打电话，他要死了，快让他在协议上按手印，快……"

母亲见他不动，自己俯身，把着黎永生的手按下指纹。

终于胜利了吗？隐忍了二十年，坐上了黎太太的位置，精心筹划，等待时间，现在，黎家的一切都是他们的了。

他配合着母亲处理一切，迷倒鹿萌萌，将她带到这里，让昏迷的她握着刀刺进父亲的腹部。最后，把鹿萌萌和父亲弄成衣衫不整的模样。

为什么找鹿萌萌？因为只有她才有足够的动机去杀黎永生。母亲手里握着黎永生和鹿萌萌出入夜总会的一些照片。照片里黎永生一手搂在鹿萌萌的腰间，一手搂着另一女孩子，他们将这些照片放在书桌的抽屉里。

其实鹿萌萌和黎永生之间什么都没有。她不过是为了套到一些消息，带过好几个模特姐姐去给黎永生认识，而那些照片在外人眼里看来，就是有奸情。

只要再把当年黎永生害死鹿萌萌哥哥的事情抖出来，那么杀人动机就完全成立了。谁也不会想到，握着鹿萌萌的手，将那一刀刺进黎永生腹部的人是黎浅南。

"凌悠然，我不知道你在说什么？我也不需要听这些。"

事情已经发展到了这个地步，他除了将这件事隐瞒得更好，别无他法。

"我要下车，你让我下车，你让我下去。"

他将随身带着的麻醉剂打在了她的身上。

凌悠然的眼前黑了下来。

曾经的城堡，突然崩塌，城堡的王子，原来是恶魔派来的使徒。

5

凌悠然半睡半醒，浓重的药水味，让她慢慢睁开眼睛，环视四周。她怎么到医院来了？

她拔掉右手的输液针，赤着脚踩在冰凉的地板上，想去开门，却发现门怎么都打不开。她冲着门口大喊："黎浅南，黎浅南，你在哪里？让我出去，让我出去！"

不一会儿，门被打开了。黎浅南穿着白大褂，戴着圆框眼镜，和几个护士一同走了进来。

她受不了他那一副温文尔雅的模样，穿着白大褂，顶着医生的名号。她愤怒地扯着他的外套，低吼道："脱下来！你有什么资格穿？都是你害的，萌萌才要东躲西藏。"

"悠然，你精神不好，就该好好休息，乖！"黎浅南的笑在她看来是那么虚伪。

现在的她任谁看都像个神经病，赤着脚，头发散乱，扯着黎浅南的衣服大喊大叫，说着一些旁人根本听不懂的话。

几个护士将她拉回到病床上，黎浅南手里拿着一支镇静剂："悠然，你再忍忍，等事情都结束后，我就带你离开。"

护士按着她，她根本没法动弹。她眼里含着泪水，纵使楚慕格和鹿萌萌都向她提过醒，她都不曾怀疑过黎浅南。而现在她不得不相信，他可以不顾她的生死，只为了去击垮楚慕格。他为了自己的利益，连亲生父亲都不放过，还嫁祸给她最好的朋友。

那么好的一个人，怎么可能杀人，怎么可能变坏？

"黎浅南，你没变，是不是？你还是我的南哥哥，对吗？"

黎浅南一听这话，激动地放下镇静剂，一把将她抱入怀里："是，我当然是你的南哥哥。"

那些护士见凌悠然安静了下来，纷纷从病房里退了出来。

"那你去自首好不好？让萌萌不要躲了好不好？等你出来了，我们再去新西兰好不好？"她像哄孩子一样小声对他说。

"不，我忍了那么多年，才换来这些。"黎浅南推开她，眼里充满戾气，"我们很快就会去新西兰了。"

从他决定戴上恶魔的面具开始，他就知道，他回不去了。

凌悠然在精神病院里被隔离了，每天都有人守着。她不知道黎浅南是怎么和她父母交代的，她和外界失去了联系。

她站在窗前，望着已经只剩下枝干的树木，她能感受到窗外寒风该有多冷。

眼泪不自觉地流了下来，她觉得很难过，真相竟是那么残酷。

齐思源穿着黑色西装跪在灵堂内，母亲去世时同样的一幕闪过他的脑海，那时的他憎恨这个世界，如今他只是悲伤。

黎浅南招呼着前来吊唁的亲友。齐思源一个人喃喃地说："离开了也好，就不用管这世上的纷扰了。"

楚慕格将手里的白菊放在遗像前，走到齐思源身边，拍拍他的肩："你这样，他看到了，会更难过的。"

"照片不是你给我母亲的，是苏木槿给的。你怎么就从来不做解释呢？"齐思源红着眼眶抬头问他。

"我也是后来才知道的。"

"现在想想，怪不了苏木槿，如果不是我总威胁她，她也不至于做那么偏激的事。"

楚慕格看着齐思源的模样，好似看到了曾经的自己，他突然长大了，不再厌恶世界。

天色渐晚，前来吊唁的人慢慢散去，楚慕格本想继续陪着齐思源的，他摇摇手示意不必。

齐思源起身，发现双腿已经跪麻了，差点儿摔在地上。黎浅南及时扶住了他："好好回去休息一下吧！"

"都料理好了吗？"

"嗯，明天就火化了。"黎浅南像是说着别人的事一样，丝毫感受不到他的难过。

齐思源握住他的手腕："你想要的都给你，求你放过鹿萌萌，我现在只有她了，看在我是你弟弟的分上，答应我吧，我求你了。"这哪里是要强的齐思源会说出来的话？

警方发出了对鹿萌萌的抓捕令。齐思源想洗清鹿萌萌的嫌疑，可是所有证据都指向她：她有充分的杀人动机，那些照片显示她和黎永生的关系不一般，刀上留有她的指纹。一切天衣无缝。黎永生头部的伤口不是致命的，致命的是腹部的刀伤。

"人就是她杀的。"黎浅南的眼神那么坚定，坚定得可怕。

齐思源不再说话，失望地松开黎浅南的手腕，拖着沉重的身体转身就走。他要好好休息一下，至少明天要好好送走黎永生，他才能有精力想办法救鹿萌萌。

"我想把他带回阜城，那里是他的家乡，落叶归根。"齐思源抱着黎永生的骨灰盒对龚文娜说。

"带回去吧！你还可以把他和你妈葬在一起。"

齐思源不知道龚文娜对生命的冷漠，是真的还是假的。对于这个和她生活了二十几年的男人，她说出来的话像是对个陌生人一样。

　　他真想替父亲问一句，这么多年，真的值得吗？黎永生对龚文娜并没有差到哪里去，最起码是爱过的吧，所以当年才会抛弃他和母亲，接受了她。

　　"黎永生真是瞎了眼了。"他轻哼一声，抱着骨灰上了车。

　　他开车前往阜城，带着黎永生回到阜城，回到唯一有他和父母的回忆的地方。

　　他替父亲感到愤怒，更为他惋惜。

第十二章

最　初 >>

1

庭院猛地一下吹来一阵大风，鹿萌萌把身上的大衣裹紧，低头给稍稍成长得有些模样的合欢树浇水。

已经三天了，她一直待在苏宅，没有出过门，没有手机也没有网络，和外界没有任何接触。莫敏每天会给她带水果和各种好吃的食物过来，陪她说说话，更多的时候是说苏木槿小时候的事。

她第一次了解到凌悠然的童年、少年，她在这个城市的生活。她听着莫敏说苏木槿的时候，感受到莫敏对她的疼惜，那是一个多么孤独的姑娘。

她听见庭院的铁门被推开，轻声说："敏姨，你快来看，这合欢树在冬天还能长得这么好。"

她带着笑转身，齐思源气喘吁吁地站在门口。他穿着军绿色夹克，四六分的刘海放了下来。像第一次遇见他时，痞痞的帅气模样。

他大步向前，一把将她拥入怀中。她激动得将手里的喷壶掉在了地上，她的头埋在他的心窝处，听见他说："鹿萌萌，我真的好想你，真的。"

她不相信地抬头问他："齐思源，我是不是在做梦？"

他右手扶在她的脑后，吻上她有些干裂的嘴唇，她紧紧抱住他的腰。

她终于是有糖的孩子了，她终于看见光了。

"嗯，只有速溶咖啡。"鹿萌萌将咖啡放在齐思源的面前。

齐思源环视着四周，苏宅从外面看是一座有点儿古板的建筑，他还是第一次看见里面，原来很是温馨。

"喜欢阜城吗？"他轻轻抿了一口咖啡。

"当然喜欢了。"因为是你出生的地方，因为是你的家乡，因为是承载了你很多回忆的地方，所以喜欢。

他搂过她的肩："那我们就在这里生活吧！"

"思源，这样下去不是办法，警察会找到这里。让我回去好好配合调查吧！"

"我不会让你有事的。等我把我爸的后事办好了，我会想办法把你送到美国去，然后我再去找你。"他握住她的手。

她望着他眼里的悲伤，父亲的去世让他很难过吧！那种失去亲人的痛苦，她很懂，也很讨厌。

"我饿了。"他亲昵地摸了摸她的头，走去厨房，翻着冰箱里的食物，"我做饭给你吃？"

"嗯？"她呆呆地望着他，点了点头，"好！"

饭做好了，只有泡面。他一脸无奈地望着她，她却一脸幸福的模样，这是她吃过的最好吃的一顿饭。

"泡面有那么好吃？"齐思源只会做鸡蛋，炒鸡蛋、煎鸡蛋、蒸鸡蛋，可是他打开冰箱时，发现没有鸡蛋。还好，他在厨房里找到了泡面。

她笑着点头，端起泡面，喝了一口热乎乎的汤："哇！好爽！"

"我们结婚吧！"

她把泡面放下，噘着嘴："不是说这句话的。"

"那是什么？"

"嗯，就是……"她有些害羞、紧张。

"就是什么？"他"扑哧"一笑，心里早已想到了，却想要逗逗她。

她着急地站起来，跺着双脚，又不好意思说出那句话："就是，你应该问我，愿不愿意。"

"愿不愿意什么啊？"他继续装傻充愣。

她激动地大喊："你愿不愿意嫁给我。"

"我愿意，我愿意，我愿意，我愿意嫁给你。"他抬头对着天花板尖叫。

她笑得眼角含泪，曾经那么可恨的齐思源，如今多么可爱啊！

"鹿萌萌，你愿意嫁给我吗？"他认真地问，眼里充满温柔。

她奔向他的怀里，哭着说："我愿意。"

"我好像掉进去了。"他的话让她不解地望着他。

"什么？"

"掉入你的爱河了。"说情话的齐思源，让她觉得此刻自己是这个世上最幸福的女人，她从未如此幸福过。

她双手捂脸，害羞地笑了起来。

这是个梦吗？如果是的话，她一定不要醒来。她想永远睡在这个梦里。

齐思源在熟睡时，做了一个梦，鹿萌萌掉进黑暗的水里，他怎么也抓不住她的手。他全身一抖，睁开双眼，鹿萌萌正像只小猫一样窝在他怀里，他拨开她凌乱的发丝，吻在光滑的额头上。

初冬的清晨只有微微的光亮，鹿萌萌向他怀里又缩了缩："困，别吵。"

他将她抱得更紧，她迷迷糊糊地睁开眼睛，原来不是梦，他真的在她身边，那些温柔也都是真的。

鹿萌萌呢喃地说："真是一个好梦！"她抬头，对着齐思源的唇轻轻一嘬，嘿嘿傻笑着，"再睡会儿吧！"

他单手撑在枕头上，嘴角上扬："撩完就想睡，清晨多美好，我们何必辜负呢！"

"齐思源，你耍流氓。"鹿萌萌一下子困意全无，裹紧身上的被子。

"你不是知道吗？我一直是个流氓。"

他吻上她的唇，过了这么多年，他才发现，他早已对她入魔。

此生有幸，未负于她。

2

齐思源没有将黎永生和母亲葬在一块。他希望父母在另一个世界，不要再争吵，好好生活。

他漫无目的地走在阜城的街道上，以前他和楚慕格常去的游戏厅、小吃店、书店，全都已经不见了。

七年中唯一没变的，是他们脑海中的记忆。经过黎永生和鹿萌萌的事情，他才发现这几年他活得多不像自己。他内心的伤痛看样子已经被时间治愈了，如同鹿萌萌说的话一样，他也是一个有光的孩子了。

回到苏宅，他却不见庭院的摇椅上有鹿萌萌的身影，他轻唤："萌萌，萌萌？"

楼上楼下找了一圈都没有看见她，他急得大喊："鹿萌萌，鹿萌萌。"

回应他的是房间里安静的空气。

餐桌上，鹿萌萌留下了纸条："齐思源，你的出现让我变勇敢了，所以我决定回去配合警察调查。不要担心，一切都会变好的。"

鹿萌萌站在警察局前，抬头望着刺眼的阳光，这个冬天真暖和啊！

所有的爆炸消息都挤在了一起：鹿萌萌归案，涉嫌杀害黎永生；龚文娜上位，出任黎氏董事长；正安集团成为MG的最大债权人。

而最劲爆的消息是，外科医生黎浅南摇身一变成为正安集团的执行主席。

楚慕格翻着手里的报纸，黎浅南一下子成为媒体关注的焦点，如同齐思源所说，他到底谋划了多久，无人知道。

"木槿找到了吗？"

"嗯，在市北精神病院。"陈严的话刚说完，李米恩端着两杯咖啡出现在书房门口。

她走进来，低头笑了笑："慕格，你去把她带回来，黎浅南现在应该没空管她吧！"

"米恩，你不要想多了，我只是……"楚慕格仔细观察着李米恩的眼色。

李米恩噘了噘嘴："你别把我想成那种小心眼的人！要去快去，别那么啰唆。"

她背过身去，紧握着拳头，指甲陷进肉里，她都不觉得疼。他还是那么在意苏木槿，只要有苏木槿在，哪怕她李米恩差点儿因为他死过一次，楚慕格对她都只有愧疚之意，而绝无爱意。她不要一直这样生活下去，她要楚慕格的眼里只有她，她要他再也看不见别人，特别是苏木槿。

黎浅南削着手里的苹果："我买了下周一去新西兰的机票，我们马上就可以离开这里了。"他抬头浅笑，将削好的苹果递给凌悠然。

凌悠然不领情地将他手里苹果打落在地上，冷冷地问："萌萌呢？你们找到她了吗？"

"她自己去警察局了，这件事情已经板上钉钉了，你们就不要再想给她洗刷冤屈了。"黎浅南有些生气地将水果刀丢在桌上，他现在看到她双眼毫无生气的模样就懊恼。

凌悠然站起来一巴掌甩在他的脸上，对着他大吼："你找谁不可以，为什么一定要找萌萌呢？那是我最好的朋友啊！"

她无法理解眼前这个人，也不想理解。她对他失去了最后一丝希望。

"凌悠然，你好好待着就可以了，什么都不要问。去了新西兰，我们好好生活，难道不好吗？"

她摇头，眼角的泪流了下来。这些天，她只要看见黎浅南就会哭。她试图伸手抓住掉入悬崖的他，可是每一次都失败了。

"不好，我要黎浅南，可你不是他，不是他。"

"你看着我，悠然，我是，我是。"黎浅南将她的双手放在自己的脸上。

她只是哭，嘴里念着："不是，不是，你把那个黎浅南还给我，还给我。"她双手握拳捶在他的胸口上。

凌悠然的情绪很不稳定，精神科医生诊断，她患有轻微的抑郁症。现在她每晚都做噩梦，然后大发脾气。

用医生那句话说："再这样下去，这个孩子就毁了。"

所以黎浅南要赶快带她离开这里，去新西兰开始新的生活。

他不会和罗玉芬一样用那种伤害凌悠然的方式给她催眠记忆。他不能让她忘了他，不管是他的好还是他的坏，都不能。

他将她轻轻拥入怀中，轻抚着她的背："等去了新西兰，我一定好好做黎浅南，我答应你。"

"浅南，我求你了，你去自首吧！"凌悠然呜咽地说。

黎浅南好声好气地在她耳旁说："悠然，人是萌萌杀的，真的，你要相信我。"

"你非要毁了她吗？杀人的罪名会毁了一个人的。"楚慕格便是这样，无缘无故成了双手沾满鲜血的人。所以他才从一个那么温暖的少年变成那么冷漠的一个人，她害怕鹿萌萌会成为第二个楚慕格。

她接着又轻嗤一声："嘁，也是，没有杀人犯会承认自己是杀人犯的，我有什么资格让你去自首呢！"

她自己都不敢承认，她怎么能奢求黎浅南承认呢？

"悠然。"黎浅南轻轻喊她的名字。

她突然拉着他的手，向洗手间走去，打开水龙头，拉着他的手一起洗，喃喃地念着："我们的手太脏了，都是血，你看，要洗干净，洗干净。"

她的指甲在自己的手背上抓出了几条血痕，连同黎浅南的手背也抓伤了。水冲在伤痕上，真的好痛。

"太脏了，脏死了。"

"够了，凌悠然，你不要真的成为一个疯子！"黎浅南大吼，拉着她的手走出洗手间，将她按在沙发上。

"你才是疯子！"凌悠然大吼，"放开我，放开！你让我出去，我不要和你去新西兰，你把黎浅南还给我，还给我……"

木制的茶几被她踢翻了，茶几上的水果盘打翻在地。没多久，护士和医生就来了。

护士按着情绪激动的凌悠然，一针镇静剂打在她的手臂上，她好像真的成了一个神经病。

门外，一个戴着口罩的人，望着这个模样的凌悠然，嘴角露出一抹邪笑。

凌悠然就该成为神经病，这是她的报应，可这还远远不够。

"凌悠然，我会让你解脱的。"

3

凌悠然是被冻醒的。她睁开眼睛，发现自己躺在浴缸里，双手双脚被绑住了。浴缸的水冰冷刺骨，她连打了几个喷嚏。

她环视四周，这里不是医院，是一个浴室，她怎么会在这里？

浴室的门被人推开，走进一个穿着黑色运动装的女人。她戴着黑色的棒球帽和黑色的口罩，只露出一双眼睛。她走到浴缸旁，打开喷头，凉水淋在凌悠然的身上，冷得她瑟瑟发抖。

"李米恩，你要干什么？"凌悠然轻咳几声，狼狈不堪。她一看见那双眼睛，就知道这个人是谁了。

"哈哈……这么快就认出我了，真不好玩。"李米恩取下口罩和帽子，坐在浴缸边缘，捏着凌悠然的下巴，"你猜我想干吗？"

"你什么时候把我带出来的？"

"在你被黎浅南打了镇静剂的时候咯！"黎浅南防的人不是她，谁都想不到她会把凌悠然带走。

"你的伤好了吗？"凌悠然的视线停留在她的腹部上。自上次婚礼后，便再也没见过她了，没想到再见面是这种情形。

李米恩气愤地一掌甩在凌悠然的右脸上："你闭嘴！我最讨厌的就是你这副假惺惺的样子，你口口声声说离开楚慕格，可你总是出现在他面前，扰乱他的心。苏木槿，我就问你凭什么？我等了十年，还换不来楚慕格的真心，就是因为你在这个世界上。你就该消失，你懂吗？"李米恩失控地大吼。

"那你要我怎么样？"

"我要你死。"李米恩脸上充满戾气，她的笑是痛苦的。

在凌悠然眼里，李米恩虽然性格有点儿跋扈，但人是善良的。她从来没发觉，李米恩已经恨她恨到想让她死了。

"我和黎浅南下周一就要去新西兰了，我再也不会出现在楚慕格的生活里了。"她不是怕死，她真的好怕李米恩也跟她和黎浅南一样，双手沾满献血。如果她真的死在李米恩手里，楚慕格一辈子都不会原谅李米恩的。

"不，七年前我也是这么以为的，你走了他就看得见我了。可是他还是看不见我，因为你没有走出他的心，最好的办法就是让你永远消失。"李米恩缓缓地拿过一旁的水果刀。

拿着这把刀将凌悠然的手腕割破时，她的手在发抖。她害怕得哭了起来。

血从伤口流出，滴在浴缸里。她深吸一口气："苏木槿，不要怪我，只有你永远离开，他的眼里才会有我。"

"米恩，不要成为苏木槿，每晚被噩梦缠身真的很可怕，他也不想看到你这样。"凌悠然慢慢有了眩晕的感觉。

李米恩选择以这种方式结束凌悠然的生命，是因为她害怕，她不敢像苏木槿一样将一把刀直接捅进一个人的身体里。那是多恐怖、多血腥的画面，光想想，她就觉得恶心。

李米恩的手机突然响了，是楚慕格打来的电话，她望了一眼凌悠然，跑出浴室接起电话："喂，慕格！"

"米恩，你什么时候回来？"那头的声音很温柔。如果苏木槿死了，楚慕格会恨她吗？她还会听见这个声音吗？

"晚点儿回来，怎么了？"她假装镇静，内心却十分惶恐。

"今天是你生日啊！我在家准备了你特别爱吃的草莓蛋糕。"楚慕格从不会忘记李米恩的生日，哪怕再忙，他都会抽出时间陪她过生日。

哪怕她好几次忙得忘记了自己的生日，他总是会有惊喜给她，让她在他的冰川世界里找寻到一丝温暖。

"米恩，这段时间我想了很多，我们或许一辈子都不能成为恋人、成为夫妻，但在我眼里，你是我唯一的家人。"

李米恩突然哭了起来。楚慕格的父母已经不在了，如果杀了苏木槿，她就成了杀人犯，那楚慕格就真的没有家人了，没有人陪他了。

"米恩，你别哭，是不是我又说错话了？"电话那头抱歉的声音，让她真的好难受。

"慕格，苏木槿在我市北的公寓里，你再不来，她就要死了。"李米恩说完便将电话挂断，直接关机了。

她再进浴室时，整个浴缸已经被血染红了。她慌忙将白色毛巾死死地绑在凌悠然的手腕上，手拍打着她的脸："凌悠然，你不要死，你死了楚慕格怎么办？他怎么办？"

到最后，李米恩还是狠不下心来，她还是深爱着楚慕格，哪里舍得结束他爱的人的生命。

楚慕格赶过来的时候，房里没有一个人，浴室里的凌乱和那刺眼的血迹，让他猜想到刚才这里发生了什么。

李米恩发来的一长段文字出现在楚慕格的手机屏幕上——

　　我差点儿以为，苏木槿死了，你的眼里就只有我了。可是我忘记了，苏木槿死了，你就真的只剩下自己一个人了，我多害怕你一个人在这个世上孤单地活着。

　　楚慕格，我这辈子最后悔的事情就是遇见了你，下辈子我一定不要再遇见你，一定。我走了，想去一个没有你的地方生活，你辜负了我，不要再辜负苏木槿了。

　　她在市医院等你。

　　李米恩坐在出租车上，洒脱地将手机甩了出去。

　　"再见，楚慕格。"

　　"您好，您拨打的电话暂时无人接听，请稍候再拨。"楚慕格打了几次电话过去，回应的都是这个声音，他知道，李米恩彻底离开了。

　　他走进李米恩的卧室，这套房子还是他陪着她一起看的，李米恩并不常住在他那里，更喜欢往自己的公寓里跑。

　　床边的墙上都是照片，他的照片，他和李米恩的合照，她一张都没有带走。

　　这世上什么都可以辜负，唯独情感辜负不得。

　　不是所有情深意长都会换来回首而望的，李米恩花了十年的时间才明白这个道理。

4

　　冬日的阳光透过落地窗照在楚慕格的脸上，凌悠然躺在床上静静地望着他。他趴在床边，枕着自己的手臂，好像做了什么梦，眉头紧皱着，她伸手抚平他紧蹙的眉头。

　　楚慕格醒来的时候，发现床上没有了凌悠然的身影，他爬起来往大厅走去。

他看见凌悠然站在偌大的阳台上往外看。别墅的后面，种了一排木槿树，只是冬天，那排木槿树显得有些凄凉。

他走上前，从后面抱住她的腰，头枕在她的肩上："我们在一起吧！"

从十五岁到二十五岁，整整十年，他对她的爱从未随时间流逝而改变过。

凌悠然双手握着楚慕格的手："慕格。"

她还有太多的负担，还有太多事情没有做，鹿萌萌的事情还没有解决，黎浅南还不愿意自首，她还不能牵起他的手。

"苏木槿，不，凌悠然，你看着我的眼睛。"昨天在医院看到她以后，他就告诉自己不再放手，哪怕她内心有再大的负担，他来替她背负。

他不敢把她放在医院，生怕转个身她便不见了，所以把她带回了家，让她能好好在自己的视线里待着。

"我知道你内心的负担，我们可以一起解决。"他心疼地抚上她的脸颊，他们之间经历了那么多，他怎会害怕这一些阻碍和坎坷。

"慕格，你可知我心中有多少放不下。"

他闭起眼睛，伸手将她抱在怀里，哽咽地说："我等你。"

大排档上，两个帅气的大男人吃着烤串，酒一杯一杯地往肚里灌。

齐思源请了最好的律师为鹿萌萌做辩护，可是所有证据一一指向鹿萌萌。

"楚慕格，你说我怎么这么没用啊！我以为玩手段我最厉害，嗝……没想到输给我哥了。"齐思源倒上一杯白酒，灌进自己的嘴里。

"我会让刑警官申请重新调查的，肯定会露出蛛丝马迹的。你爸那个别墅，不可能所有的摄像头都是损坏的。"楚慕格将齐思源手里的白酒抢了过来，给他换成了啤酒。

已经喝得半醉的齐思源突然站起来，指着前方："哎哎……老板，那肘子明明是我们先点的，你怎么上那桌去了。"

老板支支吾吾的，坐在那一桌的一看就是些小混混，其中一个胖子喊道："先从我们这桌过，肯定先放我们这。"

齐思源很不爽地用力拍了一下桌子："我先点的就是我的，你们这些小屁孩，别没事找事。"

染着红毛的人哼了一声："穿得人模狗样的，还来争一盘肘子，我们吃了就是我们的，怎么，想惹事？"

楚慕格正想拉齐思源坐下，没想到他大步走了过去，直接将那边的桌子给掀翻了。他被那群人围在了中间。

"来啊，单挑还是……"齐思源话还没有说完，嘴角就挨了一拳。

他还没反应过来，又被人踢了一脚，直直地摔在了地上。他捂着疼痛的肚子大喊："楚慕格，你还不来，老子要被揍死了。"

楚慕格将毛衣的袖子挽起来，冲过去一脚将染着红毛的人踢翻在地。那些小混混从齐思源的身边散开，目标转到了楚慕格的身上。

齐思源从地上爬起来，也管不了那么多，和楚慕格背靠背准备今晚在这里大干一场。

十几个小混混一窝蜂地冲了上去，场面十分混乱，其他的顾客吓得躲到了一旁。

老板一见这仗势，赶快打了电话报警。

盘子碎了一地，到处都是饭菜，桌子椅子倒在一旁。齐思源的脸上已经挨了几拳，楚慕格倒还能招架得住。

也不知谁在喊"警察来了"，楚慕格一激灵，将旁边桌上的一把羊肉串往那群人身上丢，抓起地上的大衣就和齐思源一起往马路上跑。

两人在路灯下大步跑着，直到看不见大排档了才停下来，齐思源长长地呼了一口气："差点儿进警察局了。"

楚慕格笑了笑。齐思源伸手抹掉嘴角和鼻子上的血："这些人下手可真重，果然在道上混过两年的人就是不一样啊！"他拍拍楚慕格的肩，无力地坐在地上，"想当年读书的时候，我打架比你厉害多了，是吧？"

"那你刚刚被打得那么惨，脸都肿了。"楚慕格大笑，年少时，他们还是有许多美好回忆的。

"老了。"齐思源拍拍身上的尘土，站起来往前走。

"干吗去？"

"继续喝啊！"

"你那酒量就算了吧！

"比你强点儿。"

两人像年少时一样，你推我一下，我推你一下，爽朗的笑声在寂静的街道上响起。

酒桌上，齐思源完败楚慕格，喝得连自己家在哪都不知道了。

当凌悠然看到楚慕格搀着喝醉的齐思源回家时，她还以为自己做梦了。

楚慕格扶着齐思源坐在沙发上，他倒了一杯温水，像哄孩子一样哄他："思源，齐思源，来，喝点儿水吧！"

齐思源像个小傻子一样对楚慕格"嘿嘿"地笑着，大喊："嗯，要亲亲，亲亲。"

凌悠然"扑哧"一笑，楚慕格摇摇头，无奈地说："我也不知道他喝醉的时候是这个鬼样子。"

"悠然，你先去睡吧！我把他扶到客房去。"从那天开始，他不再叫她苏木槿，那个名字不再有人想去提起。

"我去煮碗醒酒汤吧！你不也喝酒了？"

他点点头，将齐思源扶进客房，直接将他丢在床上："懒得理你，好好睡吧！"

他们好似回到了最初。

5

齐思源呆呆地望着天花板，望着望着，眼角的泪就流了下来："鹿萌萌，我们该怎么办？"

不知是因为宿醉，还是因为房门外楚慕格和凌悠然的欢笑声，他现在很想伸手抱一抱鹿萌萌，床边却是空荡荡的，所以他哭了。

"思源，你还在睡吗？"楚慕格"当当"地敲门。

齐思源整理了一下情绪，打开房门，桌上是凌悠然做好的早餐。

他们三人坐在一起吃早餐，满是怀念也满是尴尬。

"凌悠然，你不要那样看我，我现在心里只有鹿萌萌，你不要自恋地以为我还喜欢你！"齐思源的话让凌悠然低头一笑，这种感觉真是微妙。

不久前，她还恨不得杀了眼前这个人，现在她希望他能好好的，因为他是鹿萌萌的光啊！

"等下我想去我爸的别墅，看能不能查出什么？"

"我让刑警官陪你去，公司还有很多事情等我处理。"

"我也想去。"凌悠然和楚慕格对视一笑，她离开了精神病院后，精神明显好了许多。

吃完早餐，齐思源和凌悠然便去了别墅，刑警官也一起赶到。别墅正门被封锁线拦住了，他们是从偏门进去的，那扇门只有齐思源有钥匙。

"你父亲除了腹部有明显的刀伤，头部还受到过撞击。"凌悠然摸着书桌的桌角。

"法医已经判定致命伤是刀伤。"刑警官看着已经被收拾得很干净的现场。

凌悠然蹲下身子，想去查看书桌底下，一不小心碰到了书桌旁的虎皮树。

"凌悠然，小心。"齐思源话音刚落，虎皮树连着花瓶一起倒在了地上。

"砰"的一声，白色的花瓶碎成了几半，花瓶内的白色采石也滚了出来。刑警官走过去，白色采石里一颗闪闪发亮的宝石吸引了他。

"这个，你们见过吗？"刑警官捡起地上那颗宝石。

齐思源摇头，凌悠然接过刑警官手里的宝石，仔细看了看："这个是龚伯母的。"

"真的吗？"齐思源激动地向凌悠然走去。

"这个是蓝紫相间的宝石，这是从她的胸针上掉下来的。"这枚胸针就是她和黎浅南为她买的生日礼物，胸针上镶了几颗蓝紫相间的宝石，花了她好些钱才买下来的。

"你确定吗？"刑警官问。

"我确定，因为蓝紫相间的宝石并不常见，只要这颗宝石和胸针上的缺口吻合就能证明了。"凌悠然内心还是欢喜的，杀人的不是黎浅南，是龚文娜。

"可能是凶手和被害人发生了争执，胸针上的宝石脱落，正好落在了花瓶里，与白色采石混在一起，自然就没人找到。凶手说不定自己还没意识到，现在只要找到胸针就可以锁定嫌疑人了。"刑警官已经猜到大概的情况了。

"我现在就回黎宅找。"齐思源说着就准备动身。

"不行，你这样贸然回去会令人起疑的，你怎么进入她房间里找？"凌悠然的话让齐思源又退了回来。

他焦急地抓着脑袋："那怎么办？"

"得有个人帮你捣乱，你才可以有机可乘。"凌悠然露出狡黠的笑容。

餐馆内，路鸣很不满地大声喊着："为什么要我去干啊？"

路鸣很久没见到凌悠然了。听了她的计划后，路鸣有些为难，要是被抓到了会有大麻烦。

"师傅，为了萌萌，没有办法，你是最好的人选了。"凌悠然摇着路鸣的手，他们之间并没有因为李米恩而有隔阂。

"路鸣，帮帮我吧！"齐思源很诚恳地拜托他。

"鹿萌萌等了这么多年，终于不用再等了。"路鸣其实挺心疼鹿萌萌的，那么小的年纪就经历家破人亡，还要偿还父亲的债务。

她只爱一个男人，而这个男人心里却只有她最好的朋友。她的心被冰霜打过无数次，好不容易等来了爱情，却摊上了这么个事。

在老天的作弄下，我们总是经历过挫折，方知谁才是最适合自己的人。

齐思源哽咽地说："她总是为我付出，这一次，我想为她做一件事。"

路鸣无奈地点点头，捣乱本来就是他最在行的，再加上鹿萌萌还是鹿子俊的亲姑姑，他带着鹿子俊一起去捣乱确实是顺理成章。

"师傅，米恩她……"凌悠然回想起那天的事，如果不是李米恩还心存善念，她今天都不知道在天堂哪个角落。

"悠然，我替米恩向你说句对不起。"路鸣也不敢想象自己的妹妹差点儿杀了人，还好，她们两个都没事。"那丫头现在挺好的，想开了，当了那么多年大明星，也挣了不少钱，饿不死的。"路鸣总是能将一件很严肃的事情说得很随意，让听的人内心不那么沉重。

路鸣最好的地方就是，善良、仗义，分得清对错。

前两天，李米恩打电话回来告诉路鸣，她一路向西走的时候，在一个叫马道的地方停了下来。她说，那里很美，美得她都不想走了。

她在那里开了一家咖啡馆，旁边就是民宿，一下子从大明星变成了老板娘。

旅行是最容易让人豁然开朗的一种方式，很多人都会选择用旅行来治愈自己，李米恩也是，她已经找到了治愈自己的方法了。

或许，不久的将来，她的王子就会出现，她也会和齐思源一样，淡忘占据他们内心很久却也让他们也痛苦了很久的人。

伤痛总会过去，而幸福的光一直都在。

第十三章

末 声 >>

1

一大早，龚文娜就听见宅院外面叽叽喳喳的声音，她问女佣："外面怎么回事？"

"有人吵着说要您赔她姑姑。"女佣小声回答着。

她跟着女佣往外走去，打开大门，看见一个小男孩和一个大男人站在那里。她没好气地问："你们是谁？"

"我是鹿萌萌的侄子，你把我姑姑还给我，还给我！"鹿子俊双手叉在腰间，像个小泼妇一样对着龚文娜大喊。

龚文娜低声一笑，原来这就是鹿萌萌哥哥的可怜孩子，长得还真是像他爸爸。

"我不管你们和鹿萌萌什么关系，再这样，我就要报警了。"

路鸣的视线停在龚文娜的黑色大衣上，这个胸针不就是昨天凌悠然给他看的那个吗？

他低头在鹿子俊的耳边说了什么，龚文娜从他们身旁走过去，她还要去公司参加九点的会议，哪有时间和他们瞎扯。

司机已经把车停在门口。龚文娜打开车门，正想跨进车里，衣服被鹿子俊扯住了。鹿子俊头一顶，顶在她微胖的肚子上，她"啊"的一声直接摔在了地上。

路鸣见机会来了，立马跑上前，伸出双手，在龚文娜胸前一通乱摸。龚文娜激动得双手在两旁乱打："啊，非礼啊！"

她全然不知自己的胸针是何时被路鸣摸走的，她只是一个劲地大喊"非礼"。

路鸣见司机下了车，心里一急，双手掐在龚文娜的脖子上："不要过来，过来我就不客气了。"司机见状，不敢靠近。

龚文娜乱挥动的手停了下来，艰难地对路鸣说："别使劲，你是不是想要钱，我给你，你力气小点儿。"

"我们有钱着呢！"鹿子俊在一旁露出骄傲的小眼神。

路鸣心里暗想，齐思源怎么还不到。原来的计划是他们在外面吵，齐思源以回家收拾东西为借口去龚文娜房里找胸针，没想到胸针居然在这女人的身上。

"爸爸，有车来啦！"鹿子俊指着刚刚开来的车。

见到齐思源从车里走下来，鹿子俊跑过去抱住他的小腿："姑父，快点儿来帮我爸爸啊！"

鹿子俊这句"姑父"把齐思源叫得突然一愣，也不知谁教他的，但是他听见这个称呼很满意，嘴角不自觉地向上扬起。

路鸣见齐思源来了，一把将龚文娜推向司机，对齐思源说："快点儿上车，跑啊！"

齐思源将鹿子俊抱到汽车后座，龚文娜生气地大叫："快点儿，把他们给我抓住，快点儿。"

等司机反应过来，车已经扬尘而去了。

"哈哈……"车里，路鸣发出爽朗的笑声，他一把将鹿子俊抱到他的腿上，"今天小俊表现真棒！"

鹿子俊害羞地抓抓头："爸爸，那姑姑可以回来了吗？"

"姑姑一定会回来的。"齐思源信心十足地说。

黎浅南透过挡风玻璃望着站在车前的凌悠然，许久不见，她的脸色比以往红润多了，只是穿得有点儿单薄。

他走下车，将大衣脱下来披在她的肩上。

"穿这么少，他没买衣服给你吗？"那天她突然失踪，他能猜到的人便是楚慕格，只是他防范得那么严，也不知楚慕格是怎么钻的空子。

"不是慕格带我离开的。"

黎浅南开着车，听凌悠然说那天晚上发生的事，她手腕上的伤痕触目惊心。

"浅南，米恩差点儿就成了下一个苏木槿，一时的仇恨可以毁灭另一个人的生命。"凌悠然坐在车里，上午路鸣打电话说找到了胸针的时候，她庆幸杀人的不是黎浅南而是龚文娜。

"对不起，我一直以为，人是你杀的，其实是龚伯母。"

黎浅南转头望着她，她继续说道："这个事实也许你接受不了，但是我们已经找到证据了，龚文娜就是杀人犯。"

"不是。"听到黎浅南的低吼，凌悠然吓得脸都白了。

黎浅南将车停在路旁，他双手捂住自己的脸，低声抽泣："那天，我和妈去别墅找他，我妈和他在书房发生争吵。他打了我妈，我一气之下将他推开，他的头撞在桌角上，晕厥过去。是我亲手握着鹿萌萌的手将那把刀插进他的腹部的，他大喊我妈和我是白眼狼，他真的是死不瞑目。"

凌悠然双手捂住自己的嘴，不让自己哭出来。她不相信地摇头，亲耳听见黎浅南说整件事情的经过，竟然这么残忍。

"黎浅南，你不要再说了。"凌悠然捂住耳朵，她不想再听下去，不想听黎浅南亲口告诉自己他是多么狠毒的一个人。

黎浅南和母亲等了那么多年，可黎永生心心念念的还是齐思源，他要把黎氏和自己名下的所有不动产都留给齐思源。

黎永生一直觉得自己亏欠齐思源太多，他对于龚文娜母子难道没有亏欠？

凌悠然说的没错，一时的仇恨可以毁灭另一个人的生命。那时，他真的恨极了黎永生。

"对不起，辜负了你眼中美好的黎浅南。"黎浅南抿唇而笑，笑得那么勉强，他抹去她眼角的泪。他记得原来只要他在她的身边，她就笑得像个孩子，而如今，每次看见他，她都会哭。

"我真的很讨厌你，非常非常讨厌你。"

凌悠然陪黎浅南去警察局自首。在警察局门口，他对她说："我不要你等我，我只要你幸福。"

他取下她手上的戒指，连同自己手上的戒指，一起扔到草地上，将他们记忆中的点点滴滴扔掉。

他知道凌悠然还爱着楚慕格，只是她难以抉择，所以这一次，他替她做了选择。

2

十二月初的阜城，天气冷得人一出门便会流鼻涕，李琳和凌悠然都劝鹿萌萌等来年开春再办婚礼，这样冷的天结婚岂不是遭罪。

哪知鹿萌萌死活不肯，硬是要这会儿结婚，说什么晚了齐思源就后悔了。

齐思源在一旁听了，调侃着鹿萌萌："不害臊，这么急着嫁人。"

"那你急不急着娶嘛！"

"娶娶娶，哪怕你明天就想结婚，都可以。"

"好，那就明天结。"

鹿萌萌的话一出，所有人都傻眼了。

凌悠然看看手表，上午十点，也就是说，就算一夜不睡，他们也只有不到二十个钟头来准备婚礼了。

因为时间太急，在阜城这个小地方根本订不到酒店，最后决定在黎家古老简朴的祠堂办婚礼。

请帖是找人赶制的，一张红帖子，里面是新郎新娘的名字，连张结婚照都没有，朴素得很，鹿萌萌看了倒是满心欢喜。

婚礼是很小型的，参加的人除了鹿萌萌的父亲，还有各家长辈，就都是些亲密的朋友。齐思源在阜城读书时教过他的几位老师，听到消息的同学，也都赶来了。

陈严是司仪，楚慕格和凌悠然是伴娘伴郎，鹿子俊是花童，路鸣和李琳帮着招呼来宾。

两人举办的是中式婚礼，鹿萌萌非要穿凤冠霞帔，还要坐娇子，让齐思源在前头骑马，这可难倒了众人。

小城就是这点好，消息传得快，立马就有老奶奶送来了压箱底的礼服。鹿萌萌试穿时，美得不得了。倒是齐思源穿上状元袍别扭得很，鹿萌萌变着法子夸他像大少爷，这才让他心里舒坦了很多。

路鸣在西边牧场找到了马。下午齐思源去练马时，可苦了他，一上马背就摔了个狗吃屎，他倒也不恼，对着马好声好气地说："马大哥啊，马大哥，小弟我明天得结婚，您就赏个面子吧！"

也不知马是不是听懂了，一个下午训练下来，倒是乖巧得很。

轿子找了很久都没有找到，时间也不够了，只好让新郎新娘一起骑马到婚礼祠堂。

一路上，吹吹打打热闹得很，吸引了不少人。

到了祠堂，齐思源率先下马，把鹿萌萌横抱起来，从门口一直抱到祠堂列祖前。

"一拜天地。"

"二拜高堂。"

"夫妻对拜。"

在陈严喊完"夫妻对拜"时，鹿萌萌"啊！"的一声，原来弯腰对拜时，碰到了头。

最后的环节是新人交换戒指。

戒指是凌悠然陪鹿萌萌去珠宝店挑的，买了店里最贵的，用鹿萌萌的话说："贵就是好。"

"谢谢你爱了我这么多年，接下来，换我来爱你。"齐思源很认真地告诉鹿萌萌，将戒指戴在她的无名指上。

鹿萌萌又哭又笑的模样，让凌悠然不禁笑了，真的好丑啊！

到了新娘给新郎戴戒指时，鹿萌萌从陈严手里接过戒指，她紧张得手都在抖。

"你别抖啊！等下戒指给你抖掉了。"齐思源看着鹿萌萌都着急，恨不得自己把戒指戴到手上。

鹿萌萌拿着戒指刚碰到齐思源的指尖，手上一抖，在场的人眼睁睁看着戒指滚到了桌子底下，消失了。

鹿萌萌一拳锤在齐思源的身上："都怪你，乌鸦嘴！你快给我把戒指找回来，快点儿！"

"大家快点儿找戒指啊！"路鸣首先弯腰开始找戒指，还不忘发动全场来宾一起找。

齐思源和鹿萌萌对视一眼，无奈地哈哈大笑，两人笑得眼角都有了眼泪，那是幸福的眼泪啊！

齐思源向前一步，将鹿萌萌拥入怀中，吻上了她的唇。

她轻声说："齐思源，我真的真的好爱你。"

她的告白淹没在他的吻中。

他们紧紧拥抱着彼此。

路鸣爬到桌子底下，找到了那枚戒指。这一次，鹿萌萌不敢再把戒指弄掉了，不然的话，怕是要被路鸣揍个半死。

然后大家坐在一起，开开心心地吃着饭。鹿萌萌被灌了不少酒，一个劲地对齐思源说"爱你"之类的话。

齐思源一脸嫌弃，嘴角却忍不住上扬。

凌悠然看着这一幕，忍不住笑起来，楚慕格单手搂着她的腰，轻轻在她唇角一嘬，学着鹿萌萌的话："凌悠然，我真的真的好爱你。"

她没有说话，娇羞地点头，露出一抹暖如春阳的笑容。

3

鹿萌萌不只是闪电结婚，更是闪电怀孕，小年还没到，便已经有了好消息。

趁着小年，路鸣的父母去马道看李米恩，顺道去看看风景，还拉着鹿萌萌的父亲一块去了，说什么把空间留给小家伙们。

几个年轻人，决定来决定去，把过小年的地方选在了苏宅。

过小年之前，凌悠然和楚慕格在苏宅的大铁门上挂了一个两人亲手做的大牌子——"四月繁花屋"。

凌悠然说等来年开春，她要把这里种上好多好多的花，让这个曾经没有光的房子成为很暖心、很漂亮的地方。

小年夜，李琳和路鸣带来了一车年货。

路鸣和齐思源负责洗菜、切肉，楚慕格掌厨，李琳和凌悠然忙着一点儿琐事，更多的是在吃。

鹿萌萌仗着自己是个孕妇，陪着鹿子俊在一旁贴着纸画，还不时地喊齐思源给她端茶倒水。

齐思源虽然嘴上不乐意，但还是恭恭敬敬地递上茶水，笑着问："老婆大人可还有吩咐，没有吩咐，我还得去洗菜呢！"

"去吧去吧！"

李琳和凌悠然在一旁看着齐思源一脸的妻奴相，笑得嘴里吃的东西都要喷出来了。

"哎！这年头啊，我们几个大男人在厨房里干活，那些女人就知道吃吃吃，小心都吃成大肥猪。"路鸣一边抱怨一边洗菜。

"路鸣，你说什么呢？"厨房外传来李琳的声音。

路鸣一阵傻笑："我说，这年头啊，男人就该干活，女人就该好好吃，多幸福啊！"

厨房里的三个男人，干活倒是麻利，没过多久，一盘盘菜被端上餐桌。

红烧排骨、剁椒鱼头、水煮牛肉、爆炒小龙虾、干锅老鸭、醋拌藕片……七荤三素，多是辣的，让喜辣的孕妇在一旁边吃边拍手叫好。

"楚慕格，我家悠然跟了你太有福气了，哪像齐思源就会煮个鸡蛋、泡个泡面啥的。"

齐思源一听鹿萌萌的话，戳了戳楚慕格的手臂："什么时候也教教我，到时候我家萌萌想吃什么，我也能做。"

路鸣举起酒杯："来来，干杯，小年快乐，从此无忧。"清脆的碰杯声响起。

窗外，漆黑的夜空上烟花四起，照得每个人的脸上都红红绿绿的。

一边聊着，桌上的菜被消灭光了，一整打啤酒、两瓶红酒也都见了底。齐思源向来酒量不好，喝得头开始有点儿晕了。

鹿子俊早就吃完了，在房里跑来跑去，拉着齐思源陪他玩纸画。

"好好，陪你，姑父陪小俊玩啊！"

两人盘腿坐在地毯上，玩得很认真。

路鸣走过去，一屁股坐在地毯上，很认真地问鹿子俊："小俊，我是你爸爸，还是他是你爸爸，你怎么不找我玩？"

鹿子俊抬头，噘着嘴喊道："肯定你是我爸爸啊！爸爸真是小孩子，还吃姑父的醋。等姑姑的小弟弟出来了，你也和小弟弟玩，我肯定不吃醋。"

孩子的话总能逗得大人哈哈大笑，齐思源倒在一旁捧腹大笑。

这一幕落在李琳和鹿萌萌的眼里，这是她们期盼已久的情景。

对于鹿萌萌而言，她很感谢李琳和路鸣给了鹿子俊一个家，一个完美而又幸福的家。她抚摸着自己的小腹。她和齐思源的孩子也一定会有个完美又幸福的家。

经过六年的等待，她终于等来了这一刻，她的世界终于充满了光。

她转头看向在厨房洗着碗的楚慕格和凌悠然，心想，凌悠然的世界也充满了光吧！

众人吵吵闹闹也临近十一点了，该回家的也要回家了。

楚慕格收拾着桌子，凌悠然裹了件灰色的大棉袄准备送鹿萌萌一行人出去。

"慕格，我送他们出去啊！"

"好！"楚慕格低头捡起地上掉落的纸巾，再抬头时，凌悠然的背影瞬间变得模糊。

"悠然……"他轻唤她的名字，身体无力地向后倒去。

凌悠然听见他喊她的名字，她本来笑着的脸，一回头变得苍白。

她向餐桌跑过去，大声喊着他的名字："慕格，楚慕格。"

鹅毛似的雪飘落在大地上，在庭院昏暗的灯光下，鹿萌萌伸出手接住那一片片落下来的雪，雪一到她的手掌上便融化了。

"阜城，下雪了啊！"她的话音刚落，房里传来凌悠然的喊声。

众人向房里跑去。

他躺在她的怀里，任她怎么喊都不再睁开眼睛。

4

齐思源连夜开车将楚慕格送往大城市的医院。

齐思源怎么劝鹿萌萌回去休息，她都不肯，执意要留在凌悠然的身边，他没有办法，只好依了她。

楚慕格躺在病床上，手背上输着液，他面容平静，仿佛熟睡一般，凌悠然握着他的手，静静地坐在那里不说话。

直到检查结果出来了，凌悠然被带到了主治医生的办公室里。

主治医生同凌悠然说着楚慕格的身体状况，将拍出的片子拿给她看。说是头部的肿瘤引发的突然性晕倒，肿瘤属于遗传性的恶性肿瘤，发病年纪在二十岁至三十岁之间，为了避免病情恶化，只有选择立即手术，没有其他的办法。

"手术成功率有多少？"凌悠然揪着自己胸口的毛衣。

主治医生面色凝重："百分之二十至三十，即使成功，也可能陷入昏迷。"

凌悠然心里"咯噔"一下，她记得楚慕格和她提过，他母亲在他五岁的时候就去世了，去世的时候只有二十八岁。

去世原因，是手术失败了。

"昏迷又是昏迷多久？"她沉默半响，抬起头问。

"一年，两年，或许更久……"主治医生尽量谨慎地同她说着。

凌悠然心里很清楚，她不是怕昏迷太久，而是怕手术失败。她站起来，有些激动地说："不行，不能手术，就没有别的办法了吗？"

她心里接受不了，楚慕格的父亲因她而去世，他的母亲在他年幼时便离开他了，她一定得让他好好活下去。可是万一，手术的结果同他母亲一样，她又该怎么办？

　　主治医生打开面前的文件夹，将事态的严重性告知她："这是恶性的脑部肿瘤，唯一的办法便是手术切除，是手术就会有风险。我们已经委托了国外最权威的医生来主刀。如果不动手术，恶化下去，病人最长只有一年到两年的生命。"

　　"不行，慕格不能有事，他一定要好好活下去。"她说着说着泪已经从眼角流到脸颊，她不好意思地擦了擦眼泪，"医生，那就动手术吧！"

　　只有这一条路可走，别无他法。

　　鹿萌萌见凌悠然走出来，赶紧走上前问："什么原因晕倒的？"

　　她听凌悠然说了原因，瞬间觉得好难过，眼泪忍不住地从眼角流出，她想，凌悠然该有多难过啊！

　　"没有办法，只能手术，我好害怕……真的好怕……"凌悠然背靠在白色的墙上，缓缓坐在地上，号啕大哭，齐思源在一旁也只能无奈地看着。

　　哭了几分钟，凌悠然用衣袖抹了抹自己脸上的泪，双手撑在膝盖上站了起来，嘴里念着："我不能哭，不能绝望，要是我都绝望，慕格怎么办？"

　　她平复情绪，重新回到楚慕格的病房里。

　　次日清晨，楚慕格醒来了。

　　他微微睁开眼睛的时候，看见趴在一旁的凌悠然。

　　她的眼睛有点儿肿，面色也显出疲惫，他伸手抚开掉落在鼻尖的两绺头发，指尖碰到她的鼻尖："对不起。"

　　他看见窗外蒙了一层冰霜，隐约猜到了自己晕倒的原因。她的两眼微肿，昨夜怕是哭了吧！

凌悠然睁开眼睛，同他四目相对时，浅浅一笑："慕格，你醒了啊！"

"阜城下雪了吗？"他问。

"下雪了，昨夜便下了，很美。"

他拉过她的手握在手心里："那等手术结束后，你带我去看雪吧！"

"好！"她点头，再抬头时眼眶红了一圈。

他心疼地抱着她，抱得很紧，他特别怕再也抱不到她了。

鹿萌萌从门上的小窗户看到这一幕，她转身抱着齐思源："老天太不公平了，他们经历了这么多，还不能让他们好好在一起吗？"

齐思源摸着她的后脑勺："萌萌，我现在真的好后悔和你在一起晚了。"

短短几日，楚慕格消瘦了不少。他没有像其他患者一样消沉，倒是每天吃饭吃得很好，同凌悠然聊天、看书、拍照。

"悠然，你说我会不会掉头发啊？成了光头那不是好丑。"楚慕格望着墙上的镜子，扯着自己浓密的短发。

凌悠然将头靠在他的肩上："是光头也是最帅的光头。"

他皱着眉头望着她，她双手圈在他的腰上："医生说了，现在只是早期，情况还很好，先手术，不用化疗，不会掉头发的，放心吧！"

他舒心一笑，指着桌上的相机："悠然，你多给我拍点儿照片吧！万一以后我不在了，你还可以……"

凌悠然伸手捂住他的嘴："不准说这么不吉利的话，你会好起来的，我们还没有去看阜城的雪，还没有去看来年的木槿花开呢！"

她调皮的模样，让他看了心里满是酸楚。他在深夜里，几次向逝去的父母祈祷，让他好好活下去。

他还想有好多好多时间去爱眼前这个人。

5

手术这天，凌悠然鼓足了很大的勇气才签下手术同意书。她看着楚慕格被推入手术室，门口红色的灯一直亮着。

整整五个小时，手术室灯灭的时候，凌悠然呆滞地站在门外，问医生："结果如何？"

医生摘下口罩："手术成功，只是病人会昏迷一段时间……"

凌悠然不知是该哭还是该笑，最后还是忍不住哭了起来。她看见楚慕格被推出来那一刻，心痛又心碎，恨不得躺在上面的那个人，是她。

世间的人如此之多，为什么要让她承受这一切，她痛苦地低吼一声。

鹿萌萌跑上前抱住她，和她一同哭着："悠然，慕格会醒过来的，一定会的，你不要这样，你是他最后的希望啊！"

春天，窗外有几枝长着新芽的枝丫伸了进来，凌悠然擦拭着楚慕格的手臂，对他说着最近发生的事。

比如她成了自由摄影师兼旅行作家，边拍边写，她很喜欢现在这种感觉。

比如，她又学会了做什么菜。

再比如，她看了什么电影，买了什么衣服，看了哪些书。

都是她零零碎碎的生活。

她期盼着有一天他能听见她的声音，然后睁开眼睛。

齐思源和鹿萌萌再来的时候，鹿萌萌的肚子已经显形了，身体也发福了一些，她嘲笑鹿萌萌不再像以前一样死吃都不胖了。

鹿萌萌一脸幸福的模样让她又欣慰又难过。

齐思源一来便在楚慕格耳边唠叨抱怨，说打理两家公司，他已经快要累死了，还不如变成一家公司。他还威胁楚慕格，说他再不醒来，他就要把 MG 收购到黎氏旗下，让他醒了以后变成穷光蛋。

听着他们所有人的细碎生活，楚慕格还是如同沉睡的王子一样躺在那里。

凌悠然很想知道他现在在想什么，她俯身将头靠在他的胸膛上，轻声问他："你在想我吗？我真的好想好想你。"

春天已经过去，又迎来了初夏，雨季一过，到处盛开着木槿花。

第十四章

暖　阳 >>

几年过去了，苏宅的合欢树每年开的花都比前一年要鲜艳许多，凌悠然弯腰打理着院里的花草。

如今的苏宅花草满地，凌悠然抬头感受稍稍刺眼的阳光洒在整个庭院内。

“啊！”她望着自己突然被淋湿的衣裙，罪魁祸首躲在她的身后捂着嘴哈哈大笑。

“暮暮，谁让你玩水的。”凌悠然一脸严肃地戳了戳眼前两岁多的孩子，抢过孩子手中的浇花水管扔在草坪内。

暮暮一脸委屈地噘着小嘴：“暮暮想和妈妈玩嘛！”

她弯腰将暮暮抱在怀里，宠溺地亲了一口左脸颊：“你可以找外公、外婆啊！”

暮暮的小手指指厨房：“外婆在做饭。外公又去外面打牌了啊！”暮暮做着“嘘”的动作，惹得她不禁笑了起来。

“小暮暮。”鹿萌萌从外面走进庭院。

“萌萌阿姨。”暮暮从凌悠然怀里挣脱，奔向鹿萌萌怀里。

“暮暮妹妹，诺诺哥哥给你带吃的了！”鹿萌萌身旁的男孩手里拿着一把棒棒糖，在暮暮眼前摆弄着。

"黎奇诺，不能给妹妹吃糖，悠然阿姨说过什么？"

黎奇诺低头小声地说："妹妹长虫牙了，不能吃糖。"

"我们诺诺真乖，这些糖，阿姨先给你收起来，等妹妹好了再给她吃！"凌悠然走上前，摸了摸黎奇诺的头。

两个孩子牵着小手，往院里的秋千走去，在草坪上玩得不亦乐乎。

"这么早就过来了呀！"凌悠然挽过鹿萌萌的手。

"你生日肯定要早点儿过来啊！"

齐思源提着两大箱东西走进来，啧啧几声："凌悠然，怎么我老婆一来，你就黏着她？"

凌悠然回给他一个白眼。

"悠然。"

她转身，那人亲切地喊着她的名字，他脸上的笑如四月繁花、春日暖阳。

几百个日夜的守候，他终将在以后的日子里，照亮她和暮暮的人生。